西根羽南
ill.小田すずか
未プレイの乙女ゲームに
転生した平凡令嬢は聖なる
刺繍の糸を刺す

リリー・キール
テオドール・ノイマン

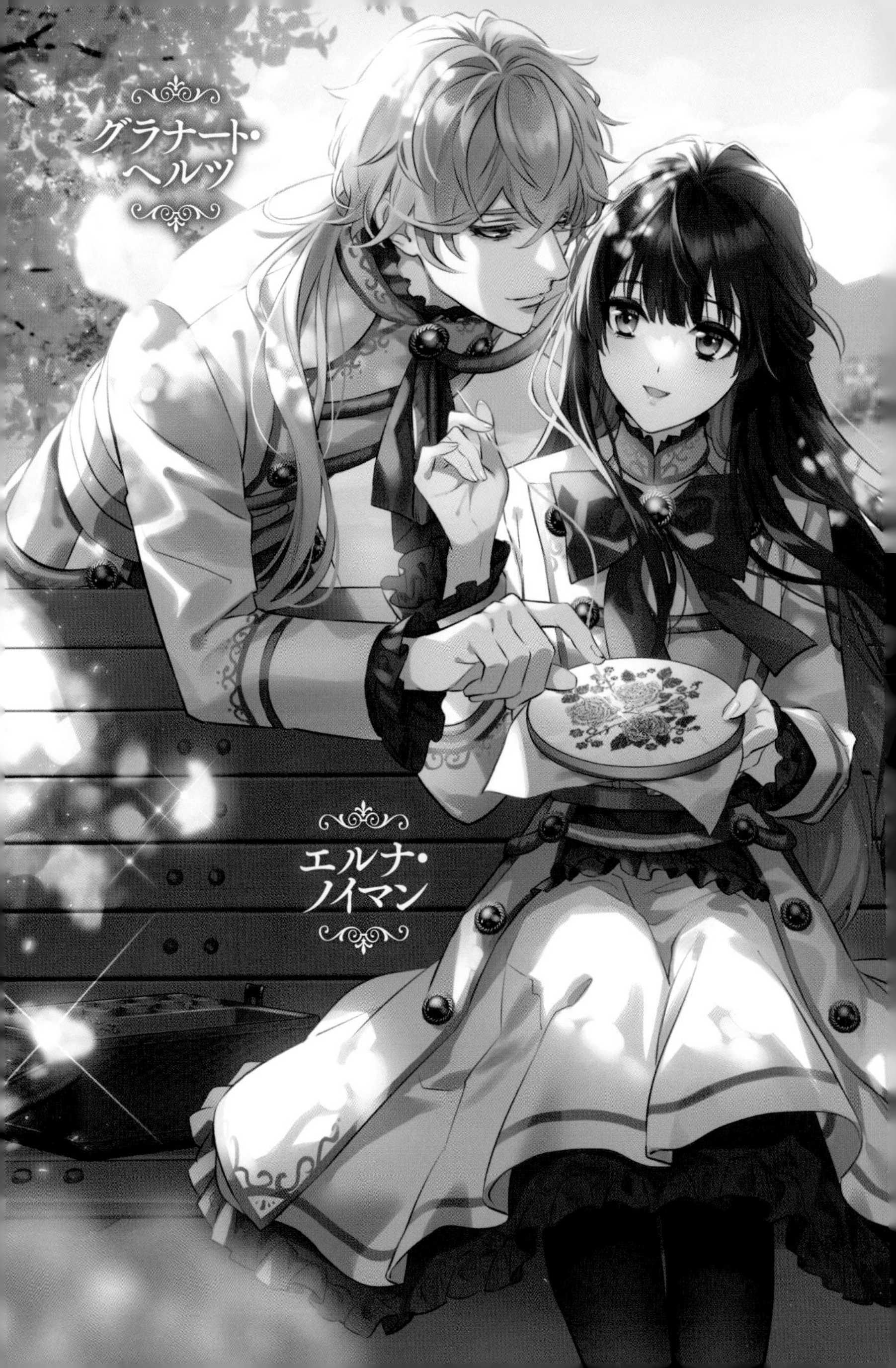
グラナート・ヘルツ
エルナ・ノイマン

contents

Ordinary Daughter Who Got Reincarnated
in the World of Unplayed Otome Game
Embroiders with Sacred Thread.

未プレイの乙女ゲームに転生した平凡令嬢は聖なる刺繍の糸を刺す

Ordinary Daughter Who Got Reincarnated in the World of Unplayed Otome Game Embroiders with Sacred Thread.

西根羽南

ill.小田すずか

✦プロローグ✦

——どうして、こうなった？

混乱するエルナ・ノイマン子爵令嬢の視界は、美しいもので埋め尽くされていた。

淡い金の髪は太陽の光を紡いだかのように輝き、さらさらと揺れる様は絹糸《きぬいと》を凌駕《りょうが》する艶《あで》やかさ。

瞳の色は深い赤で、柘榴石《ガーネット》のごときさらめきに目を奪《うば》われる。その容貌《ようぼう》が整っているばかりか、心《こころ》惹《ひ》かれる何かを放っているのだから、もはや人間を超えていた。

そんな神の化身だと言われても納得の美少年の顔が……エルナの目の前にある。

比喩《ひゆ》ではない。本当に拳三つほどしか離れていない、至近距離《しきんきょり》だ。

しかも美少年は、床に倒れたエルナに覆《おお》いかぶさるようにして腕をついている。いわゆる『押し倒されている』状況だ。

これが恋人同士ならば甘い時間なのだろうけれど、エルナはこの美少年と初対面。何故こうなったのか思い出そうとするが、無駄《むだ》に整った顔が近くにあるせいで思考に集中できない。

そう、この顔がいけないのだ。あまりにも麗《うるわ》しすぎてときめく隙《すき》などなく、ただ衝撃《しょうげき》と混乱しかない。

どうにか視線を横にずらすと、そこにはこちらを心配そうに見ている美少女が立っていた。

その髪は——まさかの、虹色。

頭頂部《とうちょうぶ》から少しずつ色が変化するレインボーグラデーション。いくら何でもメラニン色素《しきそ》が情緒不安定《じょうちょふあんてい》すぎると思ったその瞬間《しゅんかん》、頭の中に嵐でも来たような衝撃を感じた。

うねるような大きなめまいに、視界が暗転《あんてん》する。

その一瞬で、エルナの脳内に膨大《ぼうだい》な情報が溢《あふ》れた。

——『虹色パラダイス』

それはヒロインが虹色の髪という、明後日の方向に斬新《ざんしん》な設定が話題になった乙女ゲームだ。

エルナの脳内に、友人にパッケージを見せられて力説された記憶がよみがえる。

学園の白く優美《ゆうび》な鐘楼《しょうろう》をバックに一人で立つ、メイン攻略対象《こうりゃくたいしょう》の淡い金髪の美少年。目を細めて眩いばかりの笑顔で手を伸ばすパッケージのイラストは、とても印象的で美しかった。

そしてエルナの目の前にいるのは、淡い金髪の美少年と虹色の髪の美少女。

……ということは、ここは『虹色パラダイス』の世界なのだろうか。

脳内に出現した記憶は日本という国で暮らしていた時のものだが、このヘルツ王国で子爵令嬢《ししゃくれいじょう》として生きてきた記憶もしっかりと存在する。突然転移したのではなく、転生して記憶がよみがえったと考えるべきなのだろう。それでも、美少年に押し倒されている理由が思い当たらない。状況を把握《はあく》しきれず混乱するエルナの頬を、吐息がくすぐる。驚《おどろ》いて視線を戻せば、金髪の美少年がじっとエルナを見つめていた。

「名前を」

形のいい唇が動き、言葉を紡ぐ。美少年はその声さえも、震えるほど美しい。

「あなたの声で――僕の名前を、呼んでほしい」

穴があきそうなほど真剣な眼差《まなざ》しで告げられた言葉に、周囲《しゅうい》が先に反応した。悲鳴《ひめい》とも歓声《かんせい》ともつかぬ声が室内に響《ひび》き、ざわめきが広がっていく。だがエルナにはまったく状況がわからず、戸惑《とまど》うことしかできない。

「無理です。……名前を知らないので」

正直に答えると、美少年は目を見開いて固まる。

周囲に大勢の人がいることに気が付いたエルナは、ここでようやく今日が学園の入学式だということを思い出した。会場入りしたところで虹色の髪の美少女に話しかけられた気がするが、それでも美少年に押し倒された経緯《けいい》ははっきりしない。

至近距離の麗しすぎる視線に耐えられないので、どうにかこの状況から抜け出したいのだが……まるで絵に描いた王子様のように美しい少年は、何故この姿勢のまま動かないのだろう。

エルナは必死に頭を回転させる。

だが床に倒れた時に頭を打ったのか、あるいは転生前の記憶が戻ったせいなのか。どうも思考力が低下しているようだ。

「殿下《でんか》、御無事でしたらそろそろ起きてはいかがですか？」

遠くから聞こえた美しいけれど棘《とげ》のある声に、美少年は慌《あわ》てて立ち上がる。ようやく美貌《びぼう》の圧迫から逃れられたエルナがため息と共に上体を起こすと、虹色の髪の美少女に心配そうに覗《のぞ》き込まれた。

「大丈夫ですか？」

鈴を転がすような声と共に心配そうにエルナを見つめる瞳は淡いピンク色で、紅水晶《ローズクォーツ》のような輝きが美しい。

色合いから容姿、雰囲気《ふんいき》に至るまで非の打ちどころのない可愛らしさに、女性同士なのに頬が緩んでしまう。

「私を庇《かば》って頭を打ったのですよ。無理はしないでくださいね」

なるほど、そうだったのか。入学式という公衆《こうしゅう》の面前《めんぜん》で転倒《てんとう》したのは恥ずかしいが、美少女を守れたのなら満足だ。

……いや、待て。

パッケージにこの学園の鐘楼が描いてあったのだから、『虹パラ』は学園が舞台のはず。今日は入学式で、ここにいるのは恐《おそ》らくヒロインであろう美少女と、メイン攻略対象らしい美少年。

これはもしかして、出会いイベントというやつか。

ヒロインを押し倒してスタートというのはどうかと思うが、それよりもイベントを横取りしてしまったのなら大問題である。すると、少し離れたところに立つ別の美少女が美少年に向かって口を開いた。

「助けようという心は素晴らしいですが、御自分の身を優先なさってください。それから、女生徒に怪我はないか聞くにしても、あの姿勢である必要はありませんわ」

先程の美しいけれど棘のある声と同じということは、彼女がエルナを助けてくれた張本人らしい。

輝く銅《あかがね》色の髪を持つ少女は、言葉のせいか何となくきつい印象を受ける。

これはもしかすると、ヒロインのライバル……悪役令嬢《あくやくれいじょう》と呼ばれる立場の人物かもしれない。

清楚《せいそ》で可憐《かれん》なヒロインに対して、悩殺《のうさつ》できそうな素晴《すば》らしいボディラインも対照的《たいしょうてき》だし、その美貌も引けを取らないので適任《てきにん》である。

銅色の美少女の言う通り、何故押し倒したままだったのかは気になるが、それよりも更に問題があることに気が付いた。

『虹パラ』のメイン攻略対象は王子。

つまり、エルナは王子を転倒に巻き込んだ上に押し倒されていたのだ。これは場合によっては王子に危害を加えた、と罰されてもおかしくない。完全にとばっちりだし、転ぶのなんて放っておいてくれと文句を言いたいが、巻き込んだのは事実。

しかも、王子に対して『名前を知らない』と正直に言ってしまった。

知らないものは仕方ないのだが、本人に面と向かって伝えることではない。捉え方によっては、王族に対する侮辱《ぶじょく》といわれても反論《はんろん》の余地《よち》はないだろう。

この貴族社会で田舎の子爵令嬢の価値《かち》など、吹けば飛ぶ枯草《かれくさ》と同じ。入学当日に退学ならまだしも、最悪の場合はノイマン家にも影響を与えかねない。

「――申し訳ありませんでした！」

何はともあれ、まずは謝罪《しゃざい》。エルナは飛び起きると、深々と頭を下げた。

よく考えるとこの世界でここまで深いお辞儀《じぎ》はないような気もしたが、今はとにかく謝罪の意思を伝えるのが先決だ。学園を追い出されるのは構わないけれど、家に迷惑《めいわく》をかけるのだけは避《さ》けたい。

「顔を上げてください」

王子は優しい声音と共に、怯《おび》えるエルナに向かって微笑《ほほえ》んだ。ただそれだけで周囲から声が上がるのだから、美少年の微笑みの威力《いりょく》は凄《すさ》まじい。そして同時にエルナに向けられる視線が痛い。

「僕が勝手に手を出しただけなので、気にしないでいいですよ」

ありがとう、メイン攻略対象。顔だけではなく、心も麗しかった。どうぞヒロインと二人で幸せになってください。他に攻略対象が何人いるのか知らないが、エルナとしてはこの王子を応援したい気持ちでいっぱいである。

そのまま笑顔で立ち去ろうとすると、何故か王子がエルナの手をつかんだ。

「それで……僕の名前を、呼んでもらえませんか？」

「は？」

思わず間の抜けた声が漏《も》れ、慌てて空いている手で口を押さえる。

何の冗談《じょうだん》かと思ったが、王子の表情は真剣だ。ついでに周囲の生徒達の表情も真剣だ。刃物のように鋭いその視線が、容赦なくエルナの背を突き刺してくる。

これは、ピンチだ。

一介の子爵令嬢が王子の名を呼ぶなど、不敬《ふけい》にあたる。

そして名前を知らないのは、更に不敬。

恐らく、顔を知らないので名前を言えなかった、と思われているのだろう。仮にも貴族令嬢なのに何故王子の名を知らないのだと自分を罵《ののし》りたいが、今更どうしようもない。

名前を呼んでも呼ばなくても、末路《まつろ》は地獄《じごく》。

王子の真意が見えず追い詰められたエルナは、無意識に拳を握り締めた。

「お話の途中、失礼致します。この方は転んだばかりですし、顔色も良くありません。念のため医《い》務室《むしつ》にお連れしたいのですが」

エルナの腕にそっと触れる虹色の髪の美少女の心遣いがありがたすぎて、光り輝く天使に見えてくる。

「それもそうですね」

つかまれていた腕が自由になると、エルナと虹色の髪の美少女は足早に入学式の会場を後にした。

「……私のせいで、ご迷惑をおかけしてしまいましたね。すみませんでした」

医務室で診察《しんさつ》を受けてベッドに横たわったエルナに、虹色の髪の美少女が謝る。見れば見るほど不思議な色だが、それが可愛らしい顔立ちを一層《いっそう》引き立てているのだから素晴らしい。

これほど圧倒的《あっとうてき》な美しさを持っているのなら、漫画やゲームのヒロインがモテモテなのは当然のことだろう。

「いいえ。先程《さきほど》は助かりました。こちらこそありがとうございます」

頭を下げるエルナに、虹色の髪の美少女が優しく微笑む。

「では、先に教室に行っていますね」

その可愛らしさをしみじみと嚙みしめながら退室する背を見送ると、エルナは深いため息をついた。

転生自体は、正直どうでもいい。エルナとして生きてきた歳月《さいげつ》に変わりはないし、記憶がなくなったりもしていない。日本で死んだ記憶はないが、それも別に思い出したいとは思わない。

問題はこの世界だ。

「……普通、プレイしたゲームに転生するものではありませんか？」

『虹色パラダイス』は、いわゆる乙女ゲームだ。

だが『虹パラ』のパッケージにはヒロインはおろか、他の登場人物《とうじょうじんぶつ》も一切描《えが》かれていない。

潔《いさぎよ》いなと思っていたが、今はあのイラストが恨《うら》めしい。

「情報が、少なすぎます」

前世のエルナは『虹パラ』をプレイしたことがないので、友人から見せられたパッケージと、たまに聞かされたゲームの進行具合《しんこうぐあい》が唯一《ゆいいつ》の情報源だ。

何もないなら、それでいい。でも、もし本当にここが乙女ゲームの世界なのだとしたら。

「私が何の役柄《やくがら》なのかすら、わからないじゃないですか」

ヒロインではない。虹色の髪ではないので、それは確実だろう。

虹色の髪といえば、日本でもパーティーグッズでレインボーアフロなウィッグを見たことがある。友人の説明を聞いた時に脳裏《のうり》に浮かんだのは、まさにそのウィッグを身に着けたヒロインだ。どんなに美男美女でもレインボーアフロでロマンスが成立するのだろうかと思っていたが、無駄《むだ》な心配だった。

ヒロインの虹色グラデーションは、縦縞《たてじま》ではなく横縞《よこじま》なのである。

可愛らしい顔立ち、紅水晶の瞳、華奢《きゃしゃ》な体つき、ふわふわとした髪と優しい雰囲気。

これぞヒロインという魅力的《みりょくてき》な容姿《ようし》からすると、虹色の髪というのもチャームポイントのひとつでしかない。

あれは恋に落ちる。落ちない男がおかしい。何なら、エルナが既《すで》に落ちそうだ。

メイン攻略対象と思しき王子も絶世《ぜっせい》の美少年で、悪役令嬢っぽい美少女もいた。パッケージのイラストと聞いていた情報通りだし、美男美女は乙女ゲームの定番だろう。

やはりここは『虹色パラダイス』なのか。

……エルナが楽園で浮かれているみたいな表現になるのは、納得がいかないけれど。

「とにかく、私は地味で良かったです」

エルナの髪は、濃いめの灰色という地味色。水宝玉《アクアマリン》の瞳が自分では気に入っているが、容姿は十人並みだ。煌《きら》びやかな乙女ゲームの世界で、平凡な容姿の子爵令嬢に出番はないだろう。

だが悪役令嬢の取り巻きやクラスメイトなど、ゲームに関わる可能性はゼロではない。乙女ゲームにありがちな、いじめや断罪《だんざい》などが起こる可能性もある。

「巻き込まれたくはありません」

ここは主要人物とは距離を取って、清く正しい平凡な学園生活を送らなければ。

入学式でメイン攻略対象の王子に押し倒されたというのは手痛いが、不敬だと罰《ばっ》されることはなさそうなので、まずは一安心。

そもそもはヒロインのそばにいたから、王子を転倒に巻き込んだりしたのだ。ヒロインから離れてさえいれば、これ以上エルナが王子と関わることはないはず。ヒロイン自体は麗しくて近くで見ていたいところだが、平穏な学園生活には代《か》えられない。

遠くから二人の幸せを祈ることにしよう。

「そろそろ、教室に向かわないといけませんね」

具合が悪いわけでもないのに、いつまでもここにはいられない。エルナはベッドから出ると、教室に向かう。今後の方針《ほうしん》が定まって気が楽になったからか、足取りも軽い。

だが教室の扉を開けたエルナは、主要人物達と関わらなければいいという考えの甘さを痛感した。

虹色の髪の美少女、淡い金髪の美少年、銅色の髪の美少女。

入学式の後にクラスごとに分かれたはずなのに、見事に全員と同じクラスだったのだ。

「……早速《さっそく》、ピンチです」

エルナは色鮮やかなクラスメイトを眺めると、深いため息をこぼした。

✦第一話✦ この世界は、虹色のパラダイス

「あの虹色の髪の子でしょう？　殿下に無礼《ぶれい》を働《はたら》いたというのは」

「平民の出だと聞きましたわ」

「何でも、適当《てきとう》な子を転ばせて殿下との接点を作ったとか」

「あら？　別の子が殿下に迫《せま》って、それを邪魔《じゃま》したと聞きましたわよ？」

「どちらにしても、ミーゼス公爵令嬢《こうしゃくれいじょう》が黙っていませんわ」

ひそひそと話す生徒達の声が聞こえる。チラチラと動く視線から察するに、銅色の髪の美少女はどうやら公爵令嬢らしい。

よくあるパターンだ。平民のヒロインを引き立てるためには、真逆《まぎゃく》の立場が分かりやすい。地位や美貌、頭脳《ずのう》や財産など、少なくとも一つはヒロインに勝っていなければライバルにはなり得《え》ない。

まあ、すべて勝っていたとしても、天下無敵《てんかむてき》のヒロインパワーの前にひれ伏《ふ》すことになるのだろうが。

それにしても転倒したのはエルナなのに、ヒロインが王子に迫ったかのような扱《あつか》いをされているのは謎だ。美少女に嫉妬《しっと》はつきものだとしても、さすがにかわいそうである。そしてエルナの容姿は記憶に残っていないようなので、平凡万歳《へいぼんばんざい》と言いたい。

だが事態はあまりよろしくない。このままでは、絶対に揉《も》め事が起こる。

果たしてイベントの強制力《きょうせいりょく》のようなものが存在するのか不明ではあるが、無いという保証もない。入学式早々、王子を巻き込んで転ぶという凶悪《きょうあく》なハプニングが起きているところを見ると、むしろあると考えるのが自然だろう。

何故かエルナが転倒して押し倒されたが、それでも非難《ひなん》が集まるのはヒロインなのだから、不憫《ふびん》な立場である。

「揉めますね。もう、絶対に揉めるに決まっていますよね」

そこでなんだかんだと恋が芽生えたり、嫉妬の炎が燃え上がったりするのだろう。

何故なら、『虹色パラダイス』はロマンス輝く乙女ゲーム。出会って恋をして祝福《しゅくふく》されて終わったら、ゲームが成立しなくなってしまう。

「当事者だけで進行してくれるでしょうか。やはり周囲も巻き込まれるのでしょうか?」

貴族のはしくれとして貴族令嬢側につけば、ヒロインと攻略《こうりゃく》された取り巻き達に目をつけられ。同情してヒロイン側につけば、貴族社会的によろしくないことが起こりかねない。八方塞《はっぽうふさ》がりとは、まさにこのことだ。

そういえば、他にも攻略対象はいるのだろうか。

パッケージを飾っていたのだからメインは金髪王子だとしても、他にも何人かいるのが普通だ。隠しキャラクターが存在する可能性だってゼロじゃない。それはつまり、その分だけ関わる人間がいてイベントがあるということ。

当事者には恋を育む甘い出来事も、他人にとってはただのもらい事故。巻き込まれるのは、御免《ごめん》だ。

どうにか傍観者《ぼうかんしゃ》、むしろ風景の一部となって、関わらずに過ごさねばならない。

「私は空気。私は空気」

学園生活の抱負《ほうふ》を呟きながら、静かに教室の端を移動する。

それにしても、虹色の髪のヒロイン、金髪の王子、銅色の髪の公爵令嬢と華々《はなばな》しい色合いである。目に痛いと感じるのは、日本の記憶がよみがえったせいだろうか。

ヒロインは平民らしいので一人だが、公爵令嬢には取り巻きとおぼしき令嬢が、王子には護衛《ごえい》だか侍従《じじゅう》だかが控えている。王子についている男性も鮮《あざ》やかな紅《くれない》の髪だが、身分が上がると髪の色が派手になる決まりでもあるのだろうか。

確かに、髪の色が他と違えば視認性《しにんせい》は格段に高くなる。そう考えると虹色の髪の美少女は、この上ない武器を持ったヒロインなのかもしれない。

そんなことを考えながら王子の傍《そば》に立つ紅の髪を見ていると、振り返った男性と目が合った。

「……え？　テオに」

「やあ！　ひさしぶりだな」

エルナが喋《しゃべ》り終えるよりも早くこちらに近付いた男性が、正面に立つ。見慣れた黒曜石《オブシディアン》の瞳のその人は、確かにエルナの兄。テオドール・ノイマンだった。

エルナはノイマン子爵家の長女だ。

ノイマン子爵は、田舎の領地をこよなく愛する穏やかな人物。子爵夫人と共に、決して大きくも豊かというわけでもない領地を支えている。

子供は三人。長男は王都の邸《やしき》と領地を行ったり来たりしながら父を支え、末の娘であるエルナは学園に通うため王都にやってきた。そして次兄のテオドールは王都で騎士になるべく励《はげ》んでいる、はずである。

目の前にいるのは、確かにテオドールその人。しかし髪は燃えるように鮮やかな紅で、見慣れた黒髪ではない。

「……遅い反抗期《はんこうき》ですか？」

「何がだ？」

エルナなりに兄の変化の理由を考えてみたが、どうも違うらしい。ヒロインの虹色の髪でさえも、それほど驚いた様子の生徒はいないのだ。この世界では、ちょっと気分転換《きぶんてんかん》くらいの軽いノリで髪は紅になるのかもしれない。

「駄目ですね。あっちとこっちの常識が混ざっています」

「何の話をしているんだ？」

「いえ、こちらの事情です。お気になさらず」

「それよりも、体は大丈夫か？　頭を打ったと聞いたが」

「大丈夫です」

「無理はするなよ」

心配そうに見つめる瞳は、見慣れた兄のものだ。とりあえず、テオドール本人で合っているらしい。

だが髪の色は黒から紅になっているし、そもそも学園に入学する年齢《ねんれい》ではないし、騎士になるために励んでいるのではなかったのか。

「色々気にはなりますけれど……レオン兄様《にいさま》はご存知なのですよね？」

質問というよりは確認の言葉に、テオドールはうなずいた。

「もちろんだ。俺、テオ・ベルクマンは、グラナート殿下の護衛の任に就いている」

テオドール・ノイマンという子爵令息ではない。

エルナの兄ではない。

……そういうことになっている。

あえてフルネームを名乗って伝えられたそれは、恐らく重要なことなのだろう。

「そうですか。頑張ってください。それでは失礼します」

軽く礼をするとテオから素早く離れて、自分の席に座る。何が何だかさっぱりわからないが、どうやらテオドールとして応対《おうたい》されては困るようだ。エルナだって、王子の護衛になど関わりたくない。

しかも少しテオと話しただけで、周囲の令嬢の視線が痛い。ヒロインも一瞬こちらを見たし、公爵令嬢にも睨《にら》まれた気がする。美人の視線は殺傷力《さっしょうりょく》が高いので、本当にやめてほしい。

目立つのは絶対に駄目。何としても、平穏な学園生活を送ってみせる。

空気、空気になるのだ。

心に空気の二文字を刻んだエルナは、当たり障りのない笑みを浮かべながら時間の経過《けいか》をただ願った。

そうして息を潜めて教室で過ごしてわかったのだが、虹色の髪の美少女はリリー・キールという名前らしい。

そもそもこの学園は、日本でいう高校生くらいの男女が学ぶ場だ。身分に関係なく、魔力《まりょく》があるとわかれば必ず通うことが義務《ぎむ》付けられている。とはいえ、実際は平民には魔力持ちが少ないので貴族だらけ。

エルナは自分が何をもって魔力ありに分類されたのか不思議だったが、少なくとも貴族はとりあえず入学させているようだと聞いて納得した。

そんな中に魔力持ちの平民で虹色の髪の美少女がいたら、当然目立つ。名前を知らない人はいないという有名人で、並々《なみなみ》ならぬ魔力の持ち主という話だ。

魔力とか魔法というと、ロールプレイングゲームなどが真っ先に思い浮かぶ。火の玉投げ放題かと興奮《こうふん》したが、そういうことではないらしい。実に残念だ。

めくるめく冒険の旅も頭をよぎったが、よく考えると魔物《まもの》なんて滅多にお目にかからない。魔物討伐《とうばつ》というよりは魔物捜索《そうさく》だ。しかも、見つけても報奨《ほうしょう》などない。

あまり惹かれない。というか一応は貴族令嬢なので、その道を選ぶのは無理だろう。

魔力は魔法を使うために必要なエネルギーで、誰でも持っているわけではない。だが魔力があればいい、ということでもないらしい。扱い方を覚えないといけないので、学園ではその辺りの仕組みを教えつつ、素養《そよう》のある人物を進級《しんきゅう》させて魔法を使えるようにするという。

ここで、エルナにひとつの希望の光が見えた。

「素養《そよう》なしと認められれば、学園生活終了からのウキウキ領地生活なのでは？」

学園から、つまり『虹色パラダイス』という危険《きけん》な舞台《ぶたい》から遠ざかることができる。

王族はさすがの魔力なので進級は間違いないだろうし、ヒロインも当然進級するはず。最大で三年の学園生活は余すところなく、恋の嵐吹き荒《あ》れるイベントの宝庫となり果てることだろう。その前に撤退《てったい》するのだ。

嬉しい発見に、思わず顔が綻《ほころ》ぶ。

いつの間にか周囲の生徒達は帰っていたが、エルナは気にすることなく思考に耽《ふけ》っていた。

「何をしましょうか。心ゆくまで刺繍《ししゅう》三昧《ざんまい》もいいですね。そういえば、赤の糸がそろそろなくなりそうなので、買いに行かないと。品質《ひんしつ》が良くて低価格《ていかかく》のお店を調べないといけません」

ノイマン家は、子爵家とは名ばかりの田舎貴族。貧乏《びんぼう》とは言わないが、浪費《ろうひ》する余裕はない。領地なら懇意《こんい》にしているお店があるけれど、王都は勝手がわからなかった。

「よろしければ、いいお店をお教えしましょうか？」

「まあ、ありがとうございま……」

反射的《はんしゃてき》にお礼を言いながら振り向くと、そこには虹色の髪の美少女——リリーの姿があった。

「……す？」

状況が呑み込めず、じっとリリーを見てしまう。

あどけなさの残る可愛らしい顔に、ふわふわと柔らかな虹色の髪。大きな紅水晶の瞳はキラキラと輝いていて、これはもう……。

「天使ですか」

「え？　……そ、そんなに喜んでいただけるなら、お教えする甲斐があります」

「あ、違います。いえ、お店を教えていただけるのは嬉しいのですが。あなたが綺麗《きれい》で可愛らしかったので、つい」

「はあ」

一度話をしたことがあるのに、改めてその可愛らしさに感激《かんげき》してしまう。これは間違いなく、ヒロインになるべくして生まれた存在。天が二物どころかありったけのものを詰め込んで、手土産まで持たせているとしか思えなかった。

ここまで露骨《ろこつ》に神に愛されていると、いっそ清々《すがすが》しいし眼福《がんぷく》を堪能《たんのう》せざるを得ない。

リリーはきょとんとこちらを見ていたが、やがてくすくすと笑い出す。鈴を転がすような、という形容詞がぴったりの綺麗な声だ。

さすがはヒロイン、笑い声もまた可愛らしい。

「あなたは、私を避けないのですね」

「はあ、そうですね」

一応、関わらないようにとは思ったのだが、話しかけられて無視するのはさすがに失礼だろう。決してお店の情報につられたわけではない。……と思いたい。

「刺繍糸のお店は王都の中心部から少し離れますけれど、馬車を停《と》めるなら……」

「あ、大丈夫です。歩いて行きますので」

「えっ？」

そんなに驚くということは、馬車がないと疲れる距離なのだろうか。

「大丈夫ですよ。これでも健脚《けんきゃく》です」

「あなたが歩くのですか？」

この口ぶりだと、どうやら使用人が買い物代行すると思われていたらしい。

「だって、実際に見ないと色合いとか……あと、お値段の交渉《こうしょう》も」

「しかも値切るのですか？」

愕然《がくぜん》、という表情のリリーの様子からすると、領地でのエルナの行ないはあまり普通ではないらしい。どうやら一般の貴族令嬢は、お店を探して歩いて買いに行くことも、値段交渉をすることもないようだ。

田舎なだけあって、ノイマン領は自由で平和だったのだろう。いや、ノイマン子爵家が、というべきか。

「祭り上げず、排斥《はいせき》せず、奢《おご》りもせず。それに……」

ぶつぶつと何か呟くリリーの表情が先程までの柔《やわ》らかいものから、凛《りん》としたものへと変化する。

「なるほど」

いい笑顔のリリーを見る限り、どうやら美しくて儚《はかな》いだけの乙女ではないようだ。

「あなたのお名前は？」

「エルナ・ノイマンです」

反射的に答えてから、しまったと後悔《こうかい》する。

合言葉は『私は空気』。ヒロインと知り合いになってはいけないのに。

既に入学式で話しかけられた上に医務室に付き添ってもらったが、あれはあくまでもただの事故。

ここで名乗って話をしたら、それはもう通りすがりの偶然《ぐうぜん》とは呼べないだろう。

だがしかし、天使のごとき笑顔に平凡な令嬢が抗《あらが》う術《すべ》などない。

「私は、リリー・キールです。一緒に行きましょう。ご案内します、エルナ様」

こうして、エルナの空気な学園生活への第一歩はぶち壊《こわ》されたのだった。

断るべきなのは、わかっている。だが良質の刺繍糸がお手頃価格と聞けば、諦《あきら》められない。場所だけ聞いて後日行くという手もあるにはあるが、どうもリリーはほのぼのとした脳内お花畑なヒロインという感じではない。今更一緒に行かないと言って、納得するとは思えなかった。

ここは乙女ゲーム『虹色パラダイス』の世界。すべてはリリーを中心に回る、と言っても過言《かごん》ではない。ヒロインは神のようなものであり、魔王《まおう》にさえなり得るのだ。

関わってしまったものは仕方ないし、せっかくなので行動を観察《かんさつ》してみるのもいいだろう。乙女ゲームとはいえ、ヒロインが過激《かげき》で武闘派《ぶとうは》とか、精神を病《や》んでいるとか、よろしくない方向の可能性だってあるのだから。

……死にたくないので、もしそんな感じだったら領地に逃げ帰ろう。

「エルナ様は、第二王子の護衛の方とお知り合いなのですか？」

学園を出て少し歩いたところで質問されたが、首を傾げる様も恐ろしいほど可愛らしい。

「エルナ、でいいですよ」

領地でもあまりお嬢様扱いされていなかった上に日本の記憶が戻ってしまったので、同年代から様付けで呼ばれるのには違和感《いわかん》がある。

「あら、駄目ですよ。平民が貴族の御令嬢を呼び捨てなんて」

当然と言わんばかりに、リリーがいさめた。

乙女ゲームのヒロインというと身分を気にしないイメージだったのだが。意外とそのあたりにこだわる方らしい。

「では、私もリリー様と呼びますね」

「駄目ですったら。平民を様付けしているところを見られたら、面倒くさいですよ？　リリーで結構《けっこう》です」

どうやら身分にこだわるというよりも、現実的に揉め事を避けたいようだ。これはエルナとしても共感せざるを得ない。

「……では、リリーさんで」

「了解しました」

天真爛漫《てんしんらんまん》を武器にして貴族社会に旋風《せんぷう》を巻き起こす気配は、今のところない。もっとも恋愛が絡むと変貌《へんぼう》する可能性もあるので、引き続き警戒《けいかい》は怠《おこた》らないようにしなければ。

「それで、お知り合いなのですか？」

このヘルツ王国の王子は、現在二人。同じクラスの金髪王子が確か第二王子なので、リリーが言う護衛とは兄のテオドールのことだろう。

「お知り合いといいますか……」

恐らく、兄妹であることはもちろん、素性《すじよう》に関する話をしてはいけないのだろう。だが教室での会話を見られている以上、無関係というのも難しい。

「べ、ベルクマン様と父が少し話をしたことがあるくらいで。私はほとんど……」

家名を間違っていないか、不安だ。そういえばテオは「久しぶり」と言っていた。話をしたことがないと、辻褄《つじつま》が合わない。

「……ずいぶん前に、少しだけご挨拶《あいさつ》をしたことが」

苦しい。色々苦しい。だが、勝手に余計な設定を作ってしまうのもよくないはず。家に帰ったら、長兄に相談しなければ。

「そうですか」

明らかに不審《ふしん》な答えだったのに、リリーは意外とあっさりとしていて追及《ついきゅう》もない。これはつまり、攻略対象でもないクラスメイトには無関心ということだろう。

今は、それがありがたかった。

「でも、気を付けた方がいいと思いますよ」

「え？」

「ここですよ。刺繡糸のお店」

ぼそっと不穏《ふおん》な言葉が聞こえたのは、気のせいだろうか。

少しばかり怯えつつ店の中に入るが、そんな不安はあっという間にどこかへ吹き飛んでしまった。

決して大きくはない店内だが、驚くほど豊富《ほうふ》な量の色糸が並ぶ。それも庶民《しょみん》価格から高級品まで、幅広《はばひろ》い品揃《しなぞろ》えだ。何よりも、店員の接客が親身で好感が持てた。

「……それで、今まではこの赤を使っていました」

「二十四番の赤は派手過ぎず、周りと調和《ちょうわ》して使いやすい色ですからね。当店でも人気の商品ですよ」

そう言うと、店員の女性はいくつか糸の束を出してくる。

「七番も定番ですね。淡くて優しい赤です。二十番は明るい色の布にはもちろん、暗い布でも映《は》えるので重宝《ちょうほう》しますよ」

「どれも素敵《すてき》で迷います」

幸せなため息をつきながら見ていると、店員がにこりと微笑む。

「赤い糸なら、今はこれがおすすめですね」

そう言って出されたのは、美しい深紅《しんく》の糸だ。

「この三十九番は、上品で華やかな濃い赤が素晴らしくて。瞳の色に似ているからと、恐れ多くも『グラナートの赤』と呼ばれています」

「本当に綺麗な赤ですね」

艶《つや》もあるのに派手過ぎず、とても好みの色合いだ。

「でも、異名《いみょう》まであるなんて凄いですね。……恐れ多いというのはどういう意味ですか？」

「ええ？」

何故かリリーが妙な声を上げたが、気にせず店員の説明を聞く。

「王族の名前を勝手に付けて呼んだら、不敬ですからね。あくまでも通り名であって、店としては三十九番の赤と呼ぶことになっています」

「へえ。王族にそんな方がいるのですか」

「ええ⁉」

「どうかしました？　リリーさん」

先程から美少女が変な声を出しているので、少し気になる。まあ、それでも可愛いことには変わりないのだが。

「いえ、同じクラスにいますよね？」

「ああ、そういえば第二王子がいらっしゃいました。そこから『グラナート』様に伝わったらいけませんね」

あくまでも三十九番の赤と呼ばないと。糸の異名に使われたくらいで怒るものなのかはわからないが、無用な争いは避けた方がいい。

「伝わるも何も。その第二王子のお名前ですよ？」

呆れた様子のリリーが、諭《さと》すようにゆっくりと説明する。

「第二王子の、グラナート・ヘルツ殿下です」

「……はあ。そうなのですね」

あの金髪王子、そんな名前だったのか。そういえばテオドールが言っていたような気もする。

田舎の子爵令嬢でしかないエルナ・ノイマンでは、王族個人の名前までは知り得なかった。というか、興味がなくて知ろうとしていなかった。

「リリーさんは、物知りですね」

平民と侮《あなど》ることなかれ。田舎の弱小貴族なんかよりも、王都の平民のほうが情報を持っているものだ。

「では、三十九番の赤をください。異名は呼ばないように気を付けます」

学園で刺繍糸の話題が出るのかはわからないけれど、気を付けよう。リリーから何か残念なものを見るような視線を感じつつ、お値段交渉を済ませる。

王族の名前を異名にするだけあって決して安くはないが、この色に惹かれたので仕方がない。

「ああ、でも。せっかく刺繍をしても、王都ではため込む一方なのですよね」

「どういうことですか？」

買った糸を包んでもらう間の呟きに、リリーが反応した。

「いえ。領地ではお祭りの時に、露店《ろてん》で刺繍したハンカチなどを売っていたのですが」

「ええ？」

「貴族のお嬢様が、ですか⁉」

リリーどころか、店員まで手を止めて聞き返してきた。

「田舎の小さな領地なので、貴族といってもアレですから。お小遣《こづか》いは自分で稼げ、と母も言っていました。でも、結構評判《ひょうばん》は良かったですよ？ 幸運のハンカチ、なんて言われたりして」

王都と領地を行ったり来たりの長兄に人気の柄《がら》を聞いて、ハンカチにそれを刺繍していた。流行に敏感《びんかん》な若い娘やその母親、ちょっとしたプレゼントとしても売れていたのだ。

「いい収入源《しゅうにゅうげん》でしたよ。楽しかったですし」

リリーは呆れ顔で、店員は口元を隠しながら笑っている。

どうやら、転生以前にノイマン子爵家はちょっと変わっているらしい。そうなるともはや何が正解かわからなくなるので、困ってしまう。

「では、うちのお店に出してみますか？」

店員曰《いわ》くハンドメイド品の販売もしているそうで、そこで売ってみてはどうかということだった。

もちろん刺繍した品物を見てから判断するというが、願ってもない提案だ。楽しみが増えるし、収入にもなるのだからありがたい。

「本当にリリーさんには感謝しています。何か、お礼ができるといいのですが」

「いえ。……あの、エルナ様。もしよろしければ、私にもそのハンカチを一つ分けていただけますか？」

「もちろんです。明日にでもお渡ししますね」

「幸運のハンカチ、楽しみにしています」

社交辞令《しゃこうじれい》の言葉でも美少女に言われると悪い気はしない。言葉一つで落とされる攻略対象のことも、今なら理解できそうな気がする。

エルナは幸せな気持ちで満たされながら、家路《いえじ》についた。


王都のノイマン子爵邸に戻ると、使用人二人が出迎えてくれる。

この別邸は、基本的に長兄が王都に滞在《たいざい》するためのもの。だから執事《しつじ》見習いを筆頭《ひっとう》に数人の使用人しかいないが、田舎で自立して育てられたエルナにはまったく問題ない。日本の記憶が戻った今は、家事と炊事《すいじ》をお任せなんてありがたすぎるとさえ思う。

トイレットペーパーを買う日は手が塞がってしまうので、その日に向けて他の買い物を調整……なんてことをしなくていいのだ。ゴミ箱の臭いを気にして、ゴミの日に合わせて納豆を買う必要もない。

エブリデイ・納豆デイ。夢のようだ。……ヘルツ王国に納豆はないけれど。

エルナ自身に仕えているのは、今のところ侍女のゾフィ一人だけ。そのゾフィと、長兄の専属《せんぞく》で執事見習いとしてこの邸を取り仕切るフランツが並んでいるが、なんだか笑顔が怖いのは気のせいだろうか。

「た、ただいま戻りました」

「お帰りなさいませ、エルナ様。今日は入学式だけとお聞きしましたが、遅いお帰りですね」

ゾフィの笑顔が、どこに寄り道をしたのかと言外に問いかけてきた。

「ええと、刺繍糸のお店を紹介してもらったので、ちょっと覗いてきました」

「王都の店に立ち寄ったのですか」

フランツが眉間に皺《しわ》を寄せる。

「だ、大丈夫ですよ？　ちゃんと私のお小遣いの中で買っていますから」

家計に迷惑はかけていないとアピールすると、フランツは小さくため息をつく。

「そういう意味ではなく……まあ、いいでしょう」

フランツが視線を送ると、ゾフィはうなずいた。

これは、あとでしっかり説教しておけということだろうか。早く刺繍したかったのだが、仕方ない。

「そうだ、フランツ。レオン兄様はいますか？」

まずは学園生活が本格的に始まる前に、テオドールのことを確認しておかなければいけない。

「レオンハルト様は外出中です」

ノイマン子爵代理として忙しい長兄だが、今日はさすがに話ができないと困る。

「テオ兄様のことで、お話があります」

「ではレオンハルト様が戻りましたら、お呼びしますね」

この様子だと、どうやらフランツは事情を知っているらしい。ここで聞いてみてもいいのだが、やめておこう。どうせレオンハルトと話をしなければいけないし、新しい刺繍糸を早く使ってみたい気持ちもある。

……というか、早く刺繍がしたかった。

「わかりました。私は部屋に戻ります」

入学式に行っただけのはずなのに、日本の記憶を取り戻し、ヒロインに王子に兄まで色々なことがありすぎた。ストレス解消《かいしょう》と癒しを求めるのも仕方がないと思う。

だが部屋に戻って刺繍糸を取り出してみたものの、モヤモヤして何だか気分が乗らない。こんな時は別のことをしたほうがいいだろう。

慌ただしくやり過ごしてしまったので、一度記憶を整理してみることにした。

日本では一人暮らしの短大生だった。

自分に関して憶えているのはそれだけで、名前や年齢といった情報はほとんど思い出せない。

そんな中、唯一はっきりとした記憶が『虹色パラダイス』の存在だ。パッケージを見たことがあり、友人から内容を聞いてはいたものの、エルナ自身はゲームをプレイしたことがなかった。

「どれも、曖昧《あいまい》ですねえ」

ゾフィが淹《い》れてくれた紅茶を飲みながら、ため息をつく。

それでも、この世界が『虹色パラダイス』の可能性が高い以上、情報はあった方がいいだろう。

エルナは懸命に脳の奥の記憶を手繰《たぐ》り寄せる。

『虹パラ』のパッケージイラストに描かれた淡い金髪の美少年は、第二王子と思っていいはずだ。刺繍糸が『グラナートの赤』の異名で呼ばれるだけあって、柘榴石の瞳も美しかった。パッケージでは目を細めていたので瞳の色が何色かはっきりとはわからないが、メイン攻略対象と考えてほぼ間違いないだろう。

「そういえば。私、あんなに沢山の人の前で王子に押し倒され……いや、押し倒してもらい……えと、押し倒され巻き込んで……？」

転びそうだったのはリリーで、助けようとしたのはエルナ。

エルナが巻き込んだのがグラナートで、押し倒されたのはエルナ。

被害者と加害者がごちゃごちゃだが、結果としては公衆の面前で王子に押し倒されたわけだ。グラナートだって、どうせならば美少女と甘い接近を楽しみたかったのだろうから、そこは本当に申し訳ないと思う。

だが、もの凄く今更ではあるが、エルナだって一応は未婚の乙女なので恥ずかしい気がしてきた。

陽光を紡いだかのような金の髪がさらさらとこぼれ、深い赤の瞳に見つめられ、吐息がかかるほど近くでかけられた言葉が。

『あなたの声で――僕の名前を、呼んでほしい』

「い、いやいや。おかしいですよね!?」

鼓膜《こまく》を揺らした美しい声が脳内でよみがえり、エルナは慌てて頭を振った。

名前を呼べというのも意味がわからないが、余計な言葉と無駄に整った容姿が色香《いろか》を放出しすぎである。ぱっと見はキラキラと輝く美少年なのに、あの色っぽさは反則だろう。

思い出しただけでも鼓動が早まるのだから、さすがは乙女ゲームのメイン攻略対象と感心しきりだ。

「未プレイかつ初対面の私にさえ、この威力……これは、プレイしていたら危険ですね」

仮に推しキャラだったら、押し倒された瞬間に天に召《め》されたことだろう。美しすぎるというのも、罪なものである。ここが乙女ゲームの世界でなければ近くでじっくりと拝《おが》みたいところだが、今はとにかく関わらないことが肝要《かんよう》だ。

他に思い出せることといえば、やはりヒロインの髪色か。

前世で話を聞いた時はどう虹色なのかわからなかったけれど、実際に明らかにレインボーな髪の女の子が一人だけいた。平民で、並々ならぬ魔力持ちで、美少女で、入学早々王子と接点を持って周囲に嫉妬されている。これでリリー以外がヒロインだとは、とても思えなかった。

あとは、本当に断片的《だんぺんてき》なプレイ内容を話された記憶しかない。

エルナはうんうんと唸《うな》りながら、どうにか友人の言葉を思い出そうとした。

「入学式での王子との出会い、やっぱり格好いいわ」

「クラスで浮いている描写《びょうしゃ》とか、嫌がらせとか、妙にリアルで疲れた。こうなると最後にスカッと断罪イベントが欲しい」

「魔力とか言っているのに、ほぼ魔法が使えないのよ。聖女ルートなら、魔法が出てくるけど」

「パッケージに他のキャラも入れてほしいけど、王子だけでいい気もする、この矛盾」

「誘拐《ゆうかい》とか、ありがちな展開《てんかい》よね。まあ、記憶喪失《きおくそうしつ》とか実は高貴《こうき》な生まれとか言い出さないからそれぐらいはいいか。いや、言い出してもいいけどね。好きだけどね」

「むしろ、ヒロインに惚《ほ》れるわ。男前」

「もう少しで王子ルートクリア。寂《さび》しいから、もう一回最初からやろうかな」

「今日の講義《こうぎ》の課題、やってきた？」

「学食のサンマーメン、今日こそ食べてみようと思う」

——限界だ。

座っているのに目が回り、エルナはテーブルに突っ伏した。

「気持ち悪いです……」

感想というか、愚痴《ぐち》が多い。しかも最後はゲームと関係なくなっている。

何度か挑戦してみるが、これ以上ゲームに関する記憶を思い出すことはなかった。ゲームはおろか、自分や友人の名前、姿形もわからない。

乙女ゲームに転生というものは、プレイした記憶を頼りに改変《かいへん》したり無双《むそう》するものなのかと思っていたけれど、現実はそう甘くないようだ。記憶がさっぱり役に立たない。無用《むよう》の長物《ちょうぶつ》とはこのことである。

こんなに半端《はんぱ》な記憶なら、いっそ無い方が心穏やかに過ごせたのに。

「うわ、美男美女が集《つど》うクラスだ。癒されるわ」とか言って、むしろ楽しかっただろうに。

エルナは深いため息をついた。

とりあえず思い出したことをメモすると、紅茶の残りを一気に飲み干す。

「エルナ様？　まあ、顔色が優《すぐ》れませんよ」

ちょうど部屋に入ってきたゾフィが、慌ててエルナの額《ひたい》に触れる。

「熱はないようですが、お疲れなのかもしれませんね」

確かに色々なことがあって疲れているが、説明するわけにもいかない。

「大丈夫です。レオン兄様が戻ったのでしょう？」

ここがゲームの世界だったとしても、エルナが生きていることに違いはない。レオンハルトと話すことが、まずは平穏な学園生活への第一歩なのだ。

気合いと共に自室を出たエルナは、レオンハルトの部屋の扉を叩く。机に向かっていた長兄は書類から顔を上げてエルナの姿を認めると、にこりと微笑んだ。

「入学おめでとう、エルナ。初日から寄り道したそうだね」

母親譲《ゆず》りの焦げ茶色の髪と、父親譲りの瑠璃《ラピスラズリ》の瞳。きっちり両親の色を受け継いだノイマン子爵家の長男は、やることなすことといつでもきっちりとしていた。だが、それは堅苦《かたくる》しいという意味ではない。

なので、エルナはレオンハルトが寄り道自体を咎《とが》めるとは思っていなかった。

「どうせならば、魔鉱石《まこうせき》の相場を調べてくれるといいな。原石が最近値上がりしているからね」

やはり、まったく咎めていない。むしろ寄り道しろと言っている気がする。

きっちりと抜け目ないのが、長兄レオンハルト・ノイマンそのひとである。

「レオンハルト様」

「わかっているよ。冗談だ」

フランツにたしなめられると、レオンハルトは手にしていた書類をひらひらと振る。そのまま押し付けるような形で書類を渡されたフランツは、少し不満そうだ。恐らくは、エルナの寄り道を注意してほしかったのだろう。貴族令嬢としては確かに褒《ほ》められたことではないし、王都と田舎は違うのでフランツの心配もわからないでもない。

そのあたりは当然レオンハルトも察しているのだろうが、気にする素振《そぶ》りも見せずにエルナを手招きした。

「美味しいクッキーを頂いたよ。ちょうどいいから、食べながら話そう」

エルナはうなずくと、ソファーにゆっくりと腰を下ろす。向かい合う位置に座ったレオンハルトは、小さく息をついた。

「それで、エルナが聞きたいのはテオのことかな」

「テオ兄様が第二王子の護衛をしているのは、間違いないのですよね。変装《へんそう》して偽名《ぎめい》まで使っているのは、何故ですか？」

「それは、任務内容《にんむないよう》と関わるので教えられない」

つまり、レオンハルトはその理由を知っているのだ。子爵代理としての仕事もこなしているレオンハルトがそう言うのならば、エルナが口を出すことではない。

「レオン兄様がご存知なら、いいです。それでどんな設定なのですか？」

上手く関わらないようにするためにも、テオドールの任務のためにも、設定の齟齬《そご》があってはならないだろう。

「名前は、テオ・ベルクマン。ベルクマン男爵家の四男で、騎士見習いながら勤勉《きんべん》で誠実《せいじつ》なところを見込まれて、殿下の護衛に抜擢《ばってき》された」

「レオン兄様、どこから突っ込んだらいいのかわかりません」

「まあ、そうだろうね」

レオンハルトは苦笑した。

素性を明かしたくない割に名前がそのままだ。大体、ベルクマン男爵というのは誰だろう。

それに騎士見習いがいきなり第二王子の護衛に抜擢されるなんて非現実的だし、男爵家の四男では身分が低すぎる。

「あとは、髪の色が派手です。目立ちたいのでしょうか？」

「エルナは厳しいな」

フランツに紅茶のお代わりを指示しながら、クッキーをかじるレオンハルトは楽しげだ。

「名前はね。どうせ覚え……いや、緊急時《きんきゅうじ》に反応が遅れるといけないから、馴染《なじ》みのある名前にした方がいいということになってね」

どうせ覚えられないと聞こえたが、気のせいではないだろう。

「ベルクマン男爵は数代前から傾いている地方の貴族だから、王都の上位貴族は興味がない。更に子沢山で有名な人だったらしくて、誰も正確な家族構成がわからないから、ちょうどいい」

何だろう。その絵に描いたような、貧乏子沢山家族は。

「騎士見習いが抜擢されるのも、確かに普通はありえない。だが、殿下自らが仕事ぶりを気に入って指名したことになっているから、国王陛下でもない限りはテオに手出しはできないよ」

ということは、誰も表立って文句は言えないわけだ。色々気にはなるが、一応の体裁は整っているらしい。

「髪の色は……俺は止めたけどね。目立つ意味はあるから仕方ない」

「護衛の存在をアピールするためですか？　それとも標的となるように、ですか」

「鋭《するど》いね。でも、任務内容に関わってくるからその辺は答えないでおくよ」

エルナの予想は、ほぼ肯定《こうてい》された。どうやら、第二王子は何らかの危険に晒《さら》されているらしい。

「でも何故、テオ兄様……？」

騎士になるべく訓練していたはずだから、剣は使えるのだろう。それでも田舎貴族の次男坊で、騎士見習いでしかないはず。王子の護衛という重要な仕事を任された理由が、よくわからない。

「それも言えないな。……まあ、何にしてもエルナは無関係を貫《つらぬ》けばいいよ」

「でも久しぶり、と挨拶されました。私がテオ兄様の名前を言いそうになったからだと思います。クラスメイトに知り合いかと聞かれたので、父とベルクマン様が知人で少し挨拶をしたことがあると誤魔化《ごまか》しましたけれど。テオ兄様の言い分と噛《か》み合わないと、おかしなことになりますよね」

うなずくと、レオンハルトはティーカップを置く。所作《しょさ》の美しさはエルナも見習うべきところだ。

以前、母から地獄の特訓を受けたと聞いたことがあるが、穏やかな肝っ玉母さんという感じの母が地獄の特訓というのはあまりピンとこない。やはり嫡男《ちゃくなん》となると、教育にも熱が入るのだろうか。

「エルナとはクラスが違うから、顔を合わせることもないはずだと言っていたのに。何か変更があったのかな。……では、テオドールに伝えておこう。何の知人かはわからないと言えばいい。ベルクマン男爵は四方八方に借金があるらしいから、勝手にその話だろうと周りは思ってくれるさ」

随分《ずいぶん》と嫌な方向に信頼が篤《あつ》い、ベルクマン男爵家である。

話は終わりとばかりにレオンハルトが腰を上げたので、慌ててエルナも立ち上がる。

「あ、あのレオン兄様」

「うん？」

「魔法の適性がなければ、学園に通う意味はないのですよね。私は進級できないでしょうから、早めに領地に帰りたいのですが」

むしろ、今すぐ帰ってもいい。『虹色パラダイス』に関わる前に学園から離れられるのならば、それが最善である。

「エルナ。今日入学したばかりだろう。まずは学園でしっかりと学びなさい」

もっともな意見に、はいと答えるしかない。エルナはがっくりと肩を落とすと、とぼとぼと部屋を出る。

「……まあ、進級できないということはないだろうけれど」

領地に帰りたいという思いでいっぱいだったエルナの耳には、去《さ》り際《ぎわ》のレオンハルトの言葉は届かなかった。

✦第二話✦ 名前を呼べと言われても

入学式の翌日。いよいよ今日から、本格的な学園生活が始まる。

エルナの目標は、『空気となり、早々に学園離脱《りだつ》』だ。

「エルナ様、おはようございます」

「あ、おはようございます」

教室に入った途端に虹色の髪の美少女に声をかけられ、反射的に挨拶を返す。

「後で、例のハンカチをお渡ししますね」

「まあ、嬉しい。楽しみにしています」

リリーは花のような笑みを返すと、用があると言って教室から出て行った。

何も悪いことはしていないのだが、周囲の生徒の視線が少し冷たい気がする。これはやはり、平民ヒロインがクラスで孤立する感じなのだろうか。そこに手を差し伸べるのが王子なのかもしれないし、あるいは散々孤立した後にドカンと逆転するパターンも考えられる。

巻き込まれたくはないが今更遠巻きにするのも難しいいし、刺繍糸の件で一宿一飯ならぬ一刺一糸の恩もある。……そんな言葉は存在しないけれど、そのくらいエルナは感謝していた。

だから、どうにか穏便《おんびん》に収まってほしいと願わずにはいられない。

うーんと唸っていると、肩をトントンと叩かれた。

「うわ」

振り向いた先にあった紅の髪を見て、思わず声が漏れる。

「うわ、は酷《ひど》いな。おはよう、エルナ」

「お、おはようございます。テオ……様」

「他人行儀《たにんぎょうぎ》な呼び方だな。テオでいいぞ」

いや、駄目だろう。レオンハルトとちゃんと話をつけたはずではないのかと、少しばかり不安になる。それとも昨日の今日なので、まだ話が伝わっていないのだろうか。

「そんなわけにはいきません」

素性を隠したいのなら、話しかけない方がいいのでは。というか、エルナの平穏な生活のためにも関わらないでほしい。

「じゃあ、テオくんとか？」

にこにこと提案してくるテオを見て、エルナは気付いた。

楽しんでいるのだ、妹をからかって。

「……では、テオさんと呼ばせていただきます」

口調は丁寧に、しかし少し睨むようにして妥協案《だきょうあん》を告げる。エルナにかまって遊んでないで、しっかり仕事をしてほしい。

「じゃあ、それで」

意図は伝わったらしく、テオは少しだけバツの悪そうな表情を浮かべる。だが、ちっとも反省していないのが次の言葉でわかった。

「ところでエルナ。こちらは、俺が護衛をしているグラナート殿下だ」

——この兄、本当に馬鹿《ばか》じゃないのか。

エルナが睨みつけると、テオはサッと入れ替わるようにして王子を前に押し出した。

『虹色パラダイス』のパッケージ通りの淡い金髪を見たエルナは、慌てて礼をする。

「エルナ・ノイマンと申します。昨日は失礼致しました」

「気にしなくても大丈夫ですよ」

優しい声に安心するエルナにグラナートが笑みを返すが、その圧倒的な美しさに思わず感嘆《かんたん》の息が漏《も》れそうになる。

『虹色パラダイス』のパッケージと違って、今は濃い赤の柘榴石の瞳がはっきりと見えていた。さすがはメイン攻略対象。ほれぼれするほど整った美しい顔立ちだ。これぞ誰もが思い描く麗しの王子様、という感じである。

昨日も至近距離でじっくりと見たのだが、落ち着いた気持ちでもう一度美しさを堪能できることだけは、テオに感謝だ。もっとも、あくまでも観賞したいのであって、直接関わりたくはないけれど。

「テオと知り合いなのですね。彼にはよくしてもらっています」

その言葉に、エルナは少し困惑する。ただの挨拶なのだろうが、エルナとテオが兄妹だと知らない可能性もある。

「いえ。テオさんとは以前少しご挨拶させていただいたことがあるだけです」

普通に考えれば護衛とその対象なのだから、テオの素性は知っているはずだ。だが実際に王子がどこまで把握しているのかはわからない。下手なことを口にして問題が起きても困るので、レオンハルトと打ち合わせした通り当たり障りなく答える。

これはきっと、ただの社交辞令。『いつもお世話になっています』というやつだ。本当はお世話になっていないアレだ。嫌味を言われる筋合いはないが、嫌味だとしたら受け流そう。もしかしたら天然ふわふわ王子で、何も知らされていない可能性だってある。

そう思えば、多少の妙な言い回しも気にならなくなった。

「昨日は僕の方こそ、失礼しました。その後、体調は問題ありませんか？」

グラナートが絡んだことで結果的にはややこしくなってしまったが、転倒するエルナを助けようとしたのは彼の優しさだろう。エルナを罰することすらできる立場なのに、翌日もこうして謝るあたりに誠実な人柄が伝わってくる。

こんなに丁寧に対応されてしまうと、すぐに逃げるわけにもいかなかった。

「はい、平気です」

「それは良かった」

にこりと微笑む姿は、まるで春の花畑にそよ風が吹いたかのような爽やかさだ。同時に教室内に感嘆のため息と押し殺した悲鳴が響く。

怖い。微笑みひとつで幻の花畑すら見えそうな王子も、それに心酔《しんすい》する周囲も怖い。

着飾ったどの御令嬢よりも素のグラナートの方が美しいのだろう、と容易《ようい》に想像できてしまう。

これもまた乙女ゲームのメイン攻略対象補正《ほせい》なのか。

容姿に身分に性格までよろしいとは、ヒロインであるリリーと同じく無敵生物《むてきせいぶつ》だ。早く無敵同士くっついて、落ち着いていただきたい。平凡な生き物には刺激が強すぎる。

エルナのことは二人の出会いの場に転がっていた何かとして、記憶の片隅に埋めておいてほしい。

「それでは僕の名前を……グラナートさん、と呼んでもらえますか？」

「は？」

突然の謎の提案に、変な声が漏れた。

テオも驚いた顔をしているので、普段からそんなことを言う人ではないのだろう。

「な、何故、でしょうか」

入学式で押し倒された時にも言われたが、まさかまた同じことを蒸し返すとは。

「それは、その……事情がありまして」

困惑する表情の妙な艶っぽさに教室内がざわめくが、近くでその顔と声を聞いているエルナが一番の被害者《ひがいしゃ》だ。美しいのに可愛くて色っぽいとは、一体どういう了見《りょうけん》だろう。実にけしからん。思わずじっと見つめてしまうが、エルナがいじめているような雰囲気になっているのが解《げ》せない。無理難題《むりなんだい》を吹っ掛けられているのはこちらなのに、理不尽《りふじん》である。

とにかく男女構わず惑わしかねないその顔をどうにかしてほしいのだが、グラナートは気が付いていないようだ。

それにしても一体どんな事情があれば、田舎の子爵令嬢に名前を呼んでもらわなければいけなくなるというのか。罰ゲームという言葉が頭に浮かんだが、一国の王子に女性に名を呼んでほしいと請《こ》わせるなど、冗談でもしていいことではないだろう。

王子を罰することができるのは国王くらいだが、『田舎の子爵令嬢に名前を呼ばせろ』などという意味不明な命令をするとも思えない。となれば、ただの気まぐれだろうか。

申し訳なさそうに言われると手伝いたくなるが、ここで流されたら終わりだ。既にいくつもの鋭い視線が、エルナに突き刺さっている。これ以上グラナートに関われば、この視線が本物の凶器《きょうき》になる可能性だってあるのだ。

どんな理由があるとしても、エルナの平穏で空気な学園生活を捧げるわけにはいかない。

「恐れながら、殿下にそのような失礼は致しかねます」

そう言いながら頭を下げ、早く連れて行けとテオに視線を送る。日本の特撮怪獣《とくさつかいじゅう》だとしたら、目からビームが出るほどの視線の強さだ。……というか、特撮なんて言葉を憶えているくらいなら、『虹色パラダイス』の話を思い出したいのだが。

「殿下、そろそろ席に着かないと」

「そうですね」

エルナの意思を汲んだテオに促され、グラナートがようやく背を向ける。名残惜《なごりお》しそうにちらりと視線を送られたが、微笑みで受け流した。

グラナート達が離れると同時に、疲労感《ひろうかん》がエルナを襲《おそ》う。顔面の筋肉が未だかつてない愛想笑いの連続に悲鳴を上げているので、お疲れ様と労《ねぎら》ってあげたい。

それにしても、先程の言葉は一体何だったのだろう。朝から疲れることばかりだなと思いながら、エルナも席に着いた。

そこでようやく、周囲のもの言いたげな視線に気が付く。

ふと目が合った女生徒が数人でエルナの所に集まってきたかと思うと、少しばかり固い笑みを浮かべた。

「今、殿下とテオ様とお話していましたわよね」

「お二人と知り合いなのですか？」

女生徒達は興味津々《きょうみしんしん》という態度を隠さない。これは、空気となって過ごせるかどうかの大事な局面だ。エルナは自然と背筋を伸ばした。

「私の父とベルクマン男爵が、ちょっとした知り合いで。以前に少しだけご挨拶したことがあるのです」

「まあ、そうですの」

「ええ、律儀《りちぎ》にも憶えていてくださったみたいで。本当に律儀な方で驚きました」

律儀、大事なので二回言いました。テオは律儀だから声をかけただけで、何もありませんよというアピールだ。

「テオ様は、紳士でいらっしゃるのね」

実際は妹をからかって遊ぶ駄目兄だが、エルナはただ笑みを返す。そろそろ表情筋《ひょうじょうきん》も限界を迎えそうだが、ここが踏ん張りどころである。

「けれど、そのせいで殿下にお時間をとらせてしまいましたので、お詫《わ》びをしていたのです」

「殿下は優しくていらっしゃるから、大丈夫ですわ」

自分の知り合いを誇《ほこ》るような言い方だが、恐らく違うのだろう。そもそもグラナートと知り合いだとしたら、本人に直接話しかければいいだけだ。

「ですが、ミーゼス公爵令嬢がご覧になったら気分を害されるかもしれません。気を付けた方がよろしくてよ」

「ミーゼス公爵令嬢、ですか？」

それは悪役令嬢と思われる、あの銅色の髪の美少女のことか。後にヒロインのリリーと揉めるとしても、エルナのことを気にするとは思えないのだが。

「あら、ご存知ありませんの？　ミーゼス公爵令嬢といえば、幼少期からの殿下の婚約者候補筆頭。事実上、婚約者と呼んでもおかしくない方ですわよ」

「身分も容姿も申し分なく、完璧と評される御令嬢です」

無敵のヒロインと張り合うのならば、それくらいの肩書がなければいけないのだろう。それにしても、候補というのは意外だ。ヒロインに立ちはだかる壁なのだから、婚約者として圧倒的優位なのかと思っていた。

まあ、そのあたりはゲームによって設定がまちまちだろうし、気にしていてはキリがない。

「長年名前が挙がっているのに正式な婚約はまだなので、どうなるかはわかりませんけれど」

「完璧なだけでは、男性の心をとらえられないこともありますわよね」

にやり、という言葉がぴったりの笑みに、エルナは内心でため息をつく。エルナには公爵令嬢の名で牽制《けんせい》しておいて、実際のところはその座を狙っているというわけか。こんな嫌らしい手口を使う相手なら、リリーが無双しても気持ちよく見守れるので、かえっていいかもしれない。

どうやら女生徒達は王子と護衛に好意を持っていそうなので、エルナはまったく関係ないし興味がない、と伝わるといいのだが。

ここは念のため、もう一押ししておこう。

「私は田舎育ちですから、ああいう方々とお話するのは慣れません。早く領地に帰りたいです」

「まあ。領地はどちら？」

「ノイマン子爵領です。王都のずっと東の端くれの、小さな田舎です」

端とか田舎という言葉に、目に見えて女生徒達の表情が明るくなる。きっと、そういう序列《じょれつ》が好きなのだろう。そして彼女達の中でエルナは無事、下に位置づけされたようだ。

「東の方は気候もいいと聞きますわ。早く戻れるとよろしいわね」

「ええ、ありがとうございます」

女生徒の言葉は、「さっさと落第《らくだい》しろ」と同じ意味だ。だいぶ失礼ではあるが、エルナの目標はその落第からの学園離脱なので、何も問題なかった。

答えに満足したらしい女生徒達は、それぞれの席に戻っていく。何故か勝ち誇ったようにエルナを見て笑う様は、実にうっとうしい。

「どこの世界も、女は面倒くさいですね」

女生徒達の後姿を見送りながら、エルナはそっと呟いた。


「これ、昨日お話したハンカチです。どうぞ」

何となく人目を避けて中庭のベンチに移動すると、エルナは小さな包みを手渡す。それを受け取ったリリーは、嬉しそうに微笑んだ。

「ありがとうございます。開けてみてもいいですか？」

包みから顔を出したのは、昨夜刺繍したハンカチ。もともと刺繍してある物もあったが、気分転換のため新たに作ったのだ。

「まあ、素敵！」

白いハンカチの隅に、小花と葉をあしらってある。ちょっとこだわったのは、花弁の色を七色のグラデーションにしたところだ。

もちろん、昨日買った『グラナートの赤』こと三十九番の赤い刺繍糸も使っている。

「やっぱり……いえ、とても綺麗です。ありがとうございます」

リリーの美しい虹色の髪に触発《しょくはつ》されて刺繍したのだが、我ながらなかなかの出来である。髪の色にちなんだ物を送られるのが嫌かもしれないという懸念《けねん》はあったが、杞憂《きゆう》だったようだ。

美少女に喜ばれるというのは、なかなかに気分がいい。ヒロインに貢《みつ》ぐ男性の気持ちもわかるというものだ。

「……あの、エルナ様。今日は大丈夫でしたか？」

「何が、ですか？」

リリーの上目遣いからの質問に、男性なら一発でノックアウトだなと思いつつ返答する。

「殿下とテオ様と親しげにお話されて、何人かの令嬢に囲まれたと聞きました」

朝のアレか。その場にいなかったリリーがこう言うからには噂《うわさ》になっているのかもしれない。これは、早めの訂正が必要だろう。

「親しいだなんて誤解《ごかい》です。テオさんが挨拶してくださったので返事をしただけ。そのせいで時間をとらせてしまったので、殿下にお詫びをしたのです」

「そうなのですか？」

ヒロインの恋路《こいじ》を邪魔するつもりなんて毛頭ないので、エルナに構わず幸せになっていただきたい。

「はい。ただの社交辞令の挨拶です」

「テオ様は笑顔で、とても親しげだったと聞きました。殿下も熱心にお話されていたとか」

……誰だ、リリーに余計な話を吹き込んだのは。

ヒロインの恋にちょっとしたスパイスを効《き》かせようとしないでほしい。リリーの恋路の邪魔とは、即《すなわ》ち悪役。行く末に待つのは、恐らく破滅《はめつ》。絶対に御免被《ごめんこうむ》りたい役回りだ。

「テオさんは、きっとあの顔が普通なのです。殿下もお詫びを真剣に聞いてくださっただけです」

だから恋敵《こいがたき》ではありません。どうぞ、敵認定だけはしないでいただきたい。

すがるような気持ちで説明するエルナに、リリーは少しばかり表情を曇《くも》らせた。

「それでしたら、やはり気を付けた方がいいと思います」

『私の王子と関わるな』という意味かと思ったが、どうもそういう雰囲気ではない。

「エルナ様は殿下のことを、ほとんどご存知ないのですよね？」

「え、ええと。第二王子、ですよね」

　リリーは大きなため息と共に首を振る。

「国王陛下には三人の子供がいます。第一王子スマラクト殿下、第一王女ペルレ殿下、第二王子グラナート殿下。そのうち、グラナート殿下だけが王妃殿下の子供です」

「他の方は違うのですか？」

「スマラクト殿下とペルレ殿下は、側妃殿下の子供ですから」

「では、二人の妃がいるのですね」

　この国は基本的に一夫一妻だが、王族はその限りではない。側妃は立場こそ王妃の下に位置するけれど、正式な妃として認められていた。

「王妃殿下は亡くなっているので、現在のところ妃は側妃殿下だけですね」

「その場合、側妃が王妃になるわけではないのですか？」

「慣例ではそうなる場合が多いようですが、国王陛下は愛妻家《あいさいか》だったので王妃はあくまで一人、という噂です」

　実際のところはわからないが、側妃が王妃になっていないのは事実。せっかくならば愛妻家説を支持したいと思う程度には、エルナだって乙女である。

「つまり……簡単に言うと、優良物件《ゆうりょうぶっけん》なのです」

「はい？」

リリーの口からヒロインらしからぬ言葉が出てきたせいで、エルナのなけなしの乙女心が首を傾げた。

「第一王子のスマラクト殿下の妻は、次期王妃。色々と条件も厳しくて、簡単には狙えません」

天使のように可愛らしいヒロインが、狙うとか言いだしたのだが。エルナの空耳だろうか。

「その点、第二王子のグラナート殿下ならば、多少の融通《ゆうずう》が利きそうですからね。名乗りを上げたい令嬢が大勢います」

「はあ」

「その上、殿下が器量よしで優秀となれば、令嬢の目も輝くというわけです」

「はあ」

いや、その令嬢をすべて蹴落《けお》として王子を獲得するのは、ヒロインであるリリーなのだが。美貌に才能にヒロイン補正まで持っているリリーに、勝てる人はいない。

「つまり、殿下に近付く者は敵と判断されます」

「嫌です。近付きたくありません。テオさんに挨拶されたのも、とばっちりです」

令嬢達はもちろん、何よりもリリーに敵認定されるのが一番困る。

「そのテオ様も問題です。わかっていますか？」

「といいますと……」

「簡単に言えば、青田買《あおたが》いなのです」

更にヒロインらしからぬ言葉が出てきた。

……あれ、この世界に田んぼはあるのだろうか。

「男爵家の四男というのはちょっと弱いですが、殿下が自ら抜擢する優秀さは将来を期待できます。テオ様自身の器量もいいので、まさにお得です」

「はあ」

「つまり、テオ様に近付く者も敵と判断されます」

「はあ」

ヘルツ王国の田んぼ事情に思いを馳《は》せていたエルナの肩を、リリーが強く摑む。

「他人事みたいに言わないでください。エルナ様のことですよ！」

敵。……つまり、恋敵ということか。

「ええ⁉」

「入学してから、お二人が自分から話しかけたのはエルナ様一人です。今はまだちょっと目をつけられたくらいですけれど、このままだと令嬢の目の敵ですよ」

「もう既に、ちょっと目をつけられているのですか⁉」

声を上げるエルナを見たリリーは、困惑と驚きの混じった表情で息を吐いた。

「自覚がないのですか？」

「だって、ちゃんと義理の挨拶とお詫びだって説明したのに」

「だから、まだ『ちょっと』で済んでいるのですよ。気を付けた方がいいと言ったのは、それです」

あまりのことに、エルナはショックを隠せない。

「向こうから話しかけたとしても、エルナ様が悪いことになります。近付かない方が身のためです。……殿下やテオ様と恋仲になりたいというのなら、話は別ですが」

「嫌です！」

何だ、その理不尽。ちょっと泣きそうだ。平穏で空気な学園生活を送る予定なのに、幸先が悪すぎる。

すると、落ち込むエルナを見てリリーが慈愛《じあい》の笑みを浮かべた。

「大丈夫です。これからは、私ができるだけそばにいて守って差し上げます」

「ま、守るって」

「私は平民ですから、貴族の御令嬢からの評価は最悪です。問題ありません」

それは平民というより、美しくて優秀なヒロインへの嫉妬だと思う。しかも、何ひとつ大丈夫ではない気がするのだが。

「何かあれば、貴族の慣習など無視して私が他の場所に連れ出しますから。安心してくださいね」

ヒロインとずっと一緒だと、かえって王子と接することになってしまう。あまりよろしくない事態だが、何故かリリーが思った以上に意気込んでいて、とてもお断りできる雰囲気ではない。

本当に、女の世界は面倒くさいものである。

「素敵ですね。これなら商品としてお出しできます」

学園の帰り道、エルナは昨日の刺繍糸のお店『ファーデン』に立ち寄った。もちろん、刺繍したハンカチについて話をするためである。領地で作っていた数点を持ってきたのだが、それを見た店員は笑顔で販売を認めてくれた。

「当店では委託販売《いたくはんばい》という形をとっています。商品をお預かりして、売り上げの一部を店が頂くことになりますが、よろしいですか？」

店員が提示した店の取り分は、思っていたよりも良心的だった。一定期間売れなかった場合は商品の入れ替えをするので、そのまま返却されるらしい。

店頭に置くための場所代は必要ないのか聞いてみると、店員は笑った。

「学園の制服で出入りしてくれるだけでも、いい宣伝です。ハンカチ数点くらいならサービスしますよ」

そう、なんと学園には制服があるのだ。さすが中世ヨーロッパ風に見せかけた、ジャパニーズな乙女ゲーム設定である。ロングスカートにジャケットを羽織った品のいい制服は、数十年同じデザインで認知度が高い。おかげで、ちょっとしたステータスのようだった。

「ありがとうございます」

「いえいえ。私にも利があることなのでお気になさらず。それに昨日から何だかいいことが続いているので、お裾《すそ》分けです。それで販売者の名前はどうしましょう？」

「うーん。名前を出すのは、やっぱり良くないと思うのですよね」

個人のブランドを立ち上げる人もいるようだが、大半は自分の名前をそのままつけるらしい。

だが、父やレオンハルトに無断でノイマン子爵家の名前を使うのは駄目だろう。まだ売れるかもわからないのに報告するのも気が早いと思うし、できれば内密にしておきたい。それに名前をそのまま使っては、すぐにばれる可能性がある。

エルナが悩んでいると、店員がひらめいたとばかりに手を叩く。

「では、『グリュック』というのはどうですか？　幸運という意味です」

「幸運、ですか」

そういえば、領地でも幸運のハンカチと呼ばれていた。もちろんお世辞だが、これも縁かもしれない。

「それでお願いします」

もともと刺繍するのは好きだが、目的があると張り合いが出る。エルナはウキウキしながら店を後にした。

帰宅するとフランツにレオンハルトが戻ったら知らせるように頼み、自室に戻ってソファーに腰を下ろす。

学園生活初日だというのに、色々なことが起こりすぎだ。何よりも問題なのは、グラナートとテオドールである。

「テオ兄様の悪ふざけが過ぎます。レオン兄様から、しっかりと注意してもらわないといけません」

既にちょっと目をつけられているらしいので、これ以上の事態悪化は何としても防ぎたい。

それにしてもリリーの情報力には驚かされたが、あれは常識の範疇《はんちゅう》なのだろうか。

「王都にいるわけですし、もう少し勉強した方がいいのでしょうね」

貴族だらけの学園に通うわけだから、必要な知識もあるだろう。そう思いつつ刺繍をしているとあっという間に時間は過ぎ、ゾフィがレオンハルトの帰宅を知らせてくれた。

「まずは勉強するためにも、平穏な生活を取り戻さないといけません」

エルナは気合いを入れて拳を握ると、レオンハルトの部屋へと赴《おもむ》いた。

「テオ兄様が話しかけてきます。テオさんと呼ぶ羽目になりました。おかげで私の学園生活はピンチです」

扉を開けて開口一番、不満をぶつけたエルナにレオンハルトは苦笑する。

「あー、はいはい」

「笑いごとではありません。第二王子殿下を連れて挨拶に来るのですよ？　レオン兄様からも、きつく言ってください」

すると、レオンハルトは口元に手を当てて何やら思案している。

「……わざわざ、そんなことをするとは思えないけれど」

「嘘なんて、ついていません」

「うん、それはわかっている。エルナは大変だったね。テオの今の肩書からして、令嬢達の格好の獲物だから」

「そうなのです！　あんな兄とはいえ、青田買いなのだと教わりました」

「領地では貴族の恋の荒波なんて、無縁だっただろう？　勉強になったね」

嫌な勉強だが、その中で生活しなければならない以上、どうにか生き抜く術を見つけるしかない。

「レオン兄様、どうしたら平穏無事に過ごせるのでしょうか」

王都と領地を行ったり来たりで、既にノイマン子爵代理として貴族社会を渡り歩いているレオンハルトなら、いい知恵を持っているかもしれない。

「まあ、関わらないことだね。そして、気にしないこと。油断しないこと」

わかってはいるが、どれも難しそうだ。

「とりあえず、テオ兄様に話しかけないように言ってください。殿下の悪ふざけもテオ兄様のせいだと思うので、止めるようにお願いしてほしいです」

直接文句を言いたいところだが、テオドールと話しているところを見られた時点で終わりだ。しかもそばには王子がいるのだから、状況はさらに悪化する。ノイマン邸に寄ってくれれば思う存分文句も言えるけれど、それは難しいのだろう。

エルナにできるのは、レオンハルト経由で釘を刺すくらいだ。

「殿下の悪ふざけ?」

「グラナートさんと呼んでくれますか、と言われました。冷や汗が出ましたよ、もう。女生徒の皆さんに殺されたらどうしてくれるのでしょう。からかうにしても、自分の発言の重みを考えていただきたいです」

朝の会話を伝えると、レオンハルトは驚きの表情に変わる。

「そんな軽率なことを言う方だとは思えないが……わかった。テオに連絡をつけよう」

「きつめに、お願いします」

「わかったよ」

レオンハルトは微笑むと、エルナの頭を優しく撫でる。

約束を取り付けたことで少しだけ安心できたエルナは、刺繍を再開するべく自室へと戻った。


翌日。守りますという宣言通り、エルナが登校するとすぐにリリーが隣にやってきた。

「おはようございます、エルナ様。今日は魔法の講義が始まりますね」

そうなのだ。雑事に忙しくて忘れていたが、この学園にいる意味は魔法の素養を見極めること。

さっさと落第したい。

だが、ちゃんと勉強するとレオンハルトと約束した以上、授業を欠席するというような強硬策《きょうこうさく》はとれなかった。

「講義が難しくて、ついていけないといいのですが」

「エルナは不思議なことを言っているな」

突然背後からかけられた声に、一瞬体が硬直する。

……まさか。でも、この声は。

リリーと共に恐る恐る振り返ると、そこにはやはり紅の髪があった。

「おはよう、エルナ。隣の子は友達？」

「お……はよう、ございます、テオさん」

何故、話しかけてくるのだろう。レオンハルトの話が伝わっていないのか、テオドールの理解力が足りないのか。

もはや、嫌がらせされている気分である。

「……リリー・キールと申します」

「ああ、どこかで見たと思ったら。入学式で転びかけてエルナに庇われたという子か」

ねえ、と楽し気なテオは、遅れて隣に来た淡い金髪の美少年に尋ねた。

「そ、その節は大変失礼致しました」

「リリーさんというのですね。大丈夫ですよ、気にしないでください」

謝罪するリリーとそれを聞くグラナートを見て、エルナはハッとする。これはもしかすると、二人が互いの名前を知って親しくなるイベントかもしれない。

このためにエルナはテオに話しかけられ、女生徒に目を付けられ、リリーが行動を共にしたのだろう。

さっぱり話が伝わっていないテオの行動の疑問が解け、少しの希望が見えてきた。

ゲームのイベントの一環ならば、いくらレオンハルトにお願いしてもテオの行動が変わるわけがない。エルナにとってはただ迷惑なだけだが、二人が親しくなるのならこれでお役御免になるはずだ。

「おはようございます、エルナさん」

「え？　お、おはようございます、殿下」

まさか挨拶されるとは思っていなかったので、動揺が声に表れる。エルナなんて構わずに、リリーともっと話せばいいのに。だが、そこで何故かグラナートが小さく首を傾げた。

「……なんだ。グラナートさんと、呼んでくれないのですか？」

さすが美少年。首を傾げるだけでも絵になると感心していると、とんでもないことを言い出した。

――呼ぶわけがない。死にたくない。

「ああっ！　そういえば先生に呼ばれていました。ねえ、リリーさん！」

「え？　あ、はい、そうですね！」

それでは失礼致します、とリリーと二人で逃げるように教室を飛び出す。

リリーと挨拶イベントを終えたのに、何故まだ『名前を呼んで』が続行されているのだ。それとも、あれはまた別の何かの前振りなのだろうか。この調子では、本番が来る前に女生徒の恨みを一身に浴びることになりかねない。

平穏で空気な学園生活のはずなのに、とんだ誤算である。

「甘く見ていました。なかなか話を切り上げづらいですね」

空いている教室に駆け込むと、リリーがため息をついた。

「いっそ悪口や嫌味なら、あしらいやすいのですが」

またヒロインらしからぬことを言っているが、確かに一理ある。テオはただ挨拶しているだけだし、王子を無視するわけにもいかない。

……話の途中で逃げてきたけれど。

「何故、話しかけてくるのでしょう。意味がわかりません」

思わず愚痴がこぼれるのも仕方がないだろう。リリーとのラブラブイベントのためだとしても、これが毎日では身がもたない。

「え？　それは多分」

「……こんなところにいらしたのね」

扉が開く音と共に、聞き慣れない声。見れば、女生徒が六人ほど教室に入ってくるところだった。

最後尾の少女が扉を閉めたので出られないし、外から様子も見えづらい。ちょっとした密室のようなものである。

となれば、これはやはりあれだろうか。

「あなた達、あまり調子に乗らないほうがよろしくてよ」

リーダー格らしい少女が吐き捨てるように言うと、追随《ついずい》する声が上がる。

「殿下が優しいからと、厚かましくもご挨拶するなんて」

「殿下とテオ様のご迷惑だと、わからないのかしら」

「これだから、平民や田舎貴族は」

これでもかというありきたりな言葉に、逆にエルナの心に安心が生まれた。話が通じないテオや、何を考えているのかわからない王子よりも、よほど共感できる。何なら、好感すら生まれていると言ってもいい。

エルナは思わず微笑みながらうなずく。気分は子供の学芸会を見守る母親のようなものだ。

「あなた、聞いていますの！」

「あ、はい。おおよそ聞いています」

「おおよそって」

「要するに近付くな、話すな、関わるな、ですよね？　問題ありません。ありがたい限りです。どうぞこれからは、あなた方が殿下に話しかけてください。田舎貴族が近付かないように、御協力よろしくお願い致します」

ぺこりと頭を下げると、リリーの手を引いて出口に向かう。呆気にとられた女生徒が道を開ける中、リーダー格の少女が背後から叫んだ。

「ミーゼス公爵令嬢を、ご存知？」

質問されたので立ち止まるが、またこの話か。

「容姿も身分もマナーも完璧な、殿下の婚約者同然の方ですよね。ボンキュッボンの悩殺ボディな美少女の」

「ボンキュ……？」

エルナの私情が入った説明が一部理解できなかったらしく、女生徒達の表情に困惑の色が見える。

「と、とにかく。殿下の婚約者候補筆頭と言われる方ですわ。あなた方とは家格が違いましてよ」

「はあ、そうですね」

別に家格で張り合っていないし、そもそもグラナートからは遠ざかりたい。だが、この様子では正直に言っても信じないのだろう。実に面倒くさい。

せめてグラナートだけでも、このリーダー格の……略してリーダーでいいか。リーダー達が相手をしてくれたらいいのに。

「そういえば、殿下はやたらと『グラナートさん』と呼ばれたがっていましたよ。王子ゆえの願望ですかね。私には無理ですけれど、皆さん是非呼んで差し上げてください」

そして、あなた達だけで仲良く過ごしていてください。こちらに来ないようにしてください。

「ええっ？」

困惑する令嬢達を尻目に、エルナとリリーは空き教室を後にした。

本当に、今日はなんて疲れる日なのだろうか。

「エルナ様って、結構アレですね」

教室に戻りながらリリーが何か呟いていたが、講義が始まるところだったのでそのまま席につく。

基本的にしばらくは座学らしい。歴史やら分類やらを習った後に、魔力の強弱や系統を確認し、制御の方法を学ぶという。

「魔力が多い場合や特殊な能力の場合には、意図せずに魔法を使ってしまうことがあります。万が一に備え、初めに制御から学ぶのです」

講師の言葉に、なるほどと納得する。

貴族の令息・令嬢は家庭教師をつけるので、学園はこの魔法の講義をするためだけにあるといってもいい。だからこそ、素養がなければ通う意味がないので落第となるのだ。

落第というと言葉の響きは良くないが、実際は一年かそれ以下で終了する者がほとんどなので、まったく珍しくも恥ずかしくもないらしい。

さっさと落第しても家に迷惑はかからないと知って、エルナの心は軽くなった。ノイマン子爵家の評判を無駄に下げずに済むのはありがたいことだ。

「……あれ？」

そういえば、兄二人はどうだったのだろう。

学園に通うというのは聞いたことがあったが、何年通っていたとか、魔法が使えるのかとか、そのあたりのことは全然知らない。魔法にも学園にも興味がなかったし、二人共もともと王都によく行っていたので気にしたことがなかった。

レオンハルトに聞いてみよう。もし魔法を使えるのなら見てみたい。

ちょっとウキウキして帰宅するが、そんな日に限ってレオンハルトは留守だ。

仕方がないので自室に戻ったエルナは、刺繍をすることにした。色とりどりの糸の中で、ふと濃い赤の糸が目に留まる。『グラナートの赤』と呼ばれるそれは艶やかで美しく、じっと見ていると柘榴石の瞳を思い出してしまう。複雑な濃淡《のうたん》の赤が混じったあの輝きは、宝石でも再現しきれないだろう。

「遠くから見ているぶんには、いいのですが」

リリーと並べば、まさに眼福。さっさと上手くいってほしいものである。だが、そのためにはあれやこれやのイベントが欠かせないのだろう。面倒くさいので関わりたくないが、リリーと親しくなってしまったので無関係ではいられそうにないのがつらいところだ。

刺繍したハンカチを喜んでくれたのは嬉しかったし、リリー自身は悪い子ではない。今更無視して関わらない、というのは難しいだろう。

「あの虹色グラデーションの花、なかなか可愛らしかったですね。少し色味を変えて私の分も作りましょう」

早速糸を並べて選んでいると、モヤモヤとした心が少し晴れてくる。やはり、刺繍は楽しいし癒しだ。

「この綺麗な色が、嫌なものを吹き飛ばしてくれるといいのですが」

呟きながら糸を取ると、エルナは黙々と糸を刺した。


「エルナ、リリー、おはよう」

わざわざ見て確認するまでもない。だから振り返らない。

教科書を熱心に読んでいるので、聞こえません。話しかけても気付きません。

隣のリリーが、それは無理ですという顔をしているが、気にしたら負けだ。

そうしてやり過ごそうとしていると、突然教科書が取り上げられた。

「おはよう、エルナ」

正面に立ったテオが教科書を手にしたまま、にこりと笑う。

「……おはようございます」

今度家で会ったらどうしてやろうか、この愚兄《ぐけい》。いくらゲームの強制力のせいだとはいえ、少しは抗ってくれてもいいだろうに。

不機嫌を隠さずに挨拶を返すが、テオに気にする様子はない。

「おはようございます。エルナさん、リリーさん」

「おはようございます、殿下」

グラナートが微笑んでいるのは、リリーと話ができるからだろう。挨拶を交わす麗しい二人に、さっさとくっつけと陰ながらエールを送る。

「座学が終わったら、魔力確認の授業がありますよね？」

「は、はい」

グラナートの突然の質問に、エルナは慌ててうなずく。講義がひと段落すると魔力の確認があって、大まかな強弱や系統を調べるという。二人一組で手をつないで、特別な魔鉱石に触れながら互いの名前を呼ぶとそれがわかる、と先生は説明していた。

二人で行うのは、魔力が多かった場合に魔鉱石や周囲の生徒に影響が出ないようにするためで、どうやら日本の家電でいうところのアースの役割を果たすらしい。

グラナートも同じ講義を受けたのに、何故わざわざ授業の内容をエルナに聞いてくるのだろう。疑問に思っていると、絵に描いたような美しい表情のまま恐ろしいことを口にした。

「エルナさん。僕のパートナーになってくれませんか？」

「――は？」

……リリーの間違いでは？

何の冗談かと思ったが、真剣な瞳を見る限りどうやら本気らしい。

血の気が引くとはこういうことだと実感した瞬間に、エルナは思い切り首を振っていた。

「いえいえいえ！」

何てとんでもないことを言い出すのだろう、この王子は。挨拶を交わしただけで目をつけられているのだ。これで二人一組のパートナーで手をつないだらどうなるかなんて、火を見るより明らかではないか。

エルナを殺したいのだとしても、もう少しまともな方法でお願いしたい。

だが、よく考えたら王子の誘いを断るというのは不敬なのではないか。学園追放なら願ったりかなったりだが、家に迷惑がかかるのは困る。

「リ、リリーさんとパートナーになると、約束していますので！」

突然話を振られたリリーは驚いただろうに、上手く表情に出さずに微笑んでうなずく。

「私は平民なので、誰もパートナーになってくれないと悩んでいたのですが。エルナ様が快諾《かいだく》してくださって」

「……そうですか。先約があっては、邪魔をするのも失礼ですね」

リリーの機転のおかげで無事にこの恐ろしい話が終わる。もともと眩い美少女だったリリーが、さらに輝く救いの女神に見えた。

厄介事しか運んで来ないグラナートとテオが立ち去り、エルナは深いため息をつく。

「リリーさん、本当にありがとうございます。助かりました。死ぬところでした」

「いえ。パートナーになってくれる人がいないのは、本当のことですから」

微笑むリリーはまさに女神であり天使であり……とにかく、尊い。どうか幸せになってほしい、と心から願うばかりである。

「あ。でも、これだとリリーさんと殿下がパートナーになれませんね」

命の危険を感じて慌ててしまったが、失敗した。二人で手をつなぐなんて、絶対に乙女ゲームのイベントだろうに。

幸せを願うそばからリリーのロマンスを遠ざけてしまうとは、何とも申し訳ない。

「私と殿下ですか？」

不思議そうに首を傾げる様も愛らしいが、今は罪悪感から目を背けてしまう。

「いえ、気にしないでください」

この様子だと、まだ好感度が低いのかもしれない。魔力確認の授業は先のことなので、それまでに是非頑張ってほしい。

いざラブラブイベントの下準備ができた時には、リリーのパートナーの座を喜んでグラナートに譲ろうとエルナは誓った。

閑話 テオドールの誤算

「それでは僕の名前を……グラナートさん、と呼んでもらえますか？」

護衛対象であるグラナートの言葉に、テオドールは自分の耳を疑った。

グラナートはヘルツ王国の第二王子だ。王子が敬称ではなく名を呼ぶことを許すなど、普通ではあり得ないことである。

これが一般貴族の男子生徒だとしても、女生徒に『名前を呼んでほしい』と言えば好意を伝えているに等しい。百歩譲って『グラナート殿下と呼んでくれ』という意味だったとしても、それはほとんど変わらない。

はたから見れば、エルナを気に入ったと宣言しているようなものだった。

「……殿下、あれはどういう意味ですか」

極太の針で突き刺すような妹の視線を受けて、どうにかその場からグラナートを連れ出す。冗談だったとしても、あの場で言っていいことではない。

グラナートは女遊びをする方ではないし、嫌がらせをするような人間でもない。

だからこそ何故急にあんなことを言い出したのか、テオドールにはわからなかった。

「テオの遠い親戚なのですよね？　彼女も関係者なのかと思って、確認したかったのです」

グラナートはテオドール・ノイマンという名前を知らない。彼の中ではテオ・ベルクマンという男爵家の四男ということになっている。

それが王命であり、母の指示なので、詳細は秘匿《ひとく》されていた。

もちろん、聡いグラナートはそれが偽名であることに気付いている。彼なりに色々調べているのは知っていたが、何故それがエルナに名前を呼ばせることになるのだろうか。

「魔力確認の授業では、特別な魔鉱石に二人一組で触れて相手の名前を呼ぶことで、魔力の強弱や系統がわかると言っていたでしょう？」

テオドールはうなずく。既に学園を通い終えているので、当然その授業も受けていた。事情があるので欠席して補習という形にしてもらったが、後日先生と確認した際には魔鉱石の反応に驚いたものだ。

先生は数少ない事情を知る人なので問題なかったけれど、もし授業に出ていたら大騒ぎになったことだろう。

「あれを自分でやってみようと思いまして。僕の名前を呼んでもらえば、大体の魔力の系統がわかりますから」

しれっと、とんでもないことを言っている。特別な魔鉱石も何もなく一人でそれだけのことができるとは、さすがは直系王族といったところか。

いや、グラナートの魔力は王族の中でもずば抜けていると国王は言っていた。彼だからこそ、できる芸当《げいとう》なのかもしれない。だが、それとこれとは話が別だ。

「王子が一人の女生徒に名前で呼ぶことを請うなんて、ありえませんよ。特別だ、と言っているようなものです」

正直、エルナが心配だ。

グラナートは王子という立場に加えて見目麗しく優秀で物腰《ものごし》も柔らかいので、御令嬢達の憧れの存在。婚約者候補はいるものの未だに決まった相手がいないおかげで、女性達からの視線が熱くなる一方だ。

嫉妬にかられた貴族連中に、エルナが目の敵にされないといいのだが。

「それは、確かに。……でも、テオは教えてくれないのでしょう？　それならば、こうするしかありません」

「教えられませんが、何もあの子の魔力を確認しなくても」

「関係ないとわかれば、それ以上は関わりません。それでいいでしょう」

グラナートにとって、この情報は譲れないものなのだろう。

エルナは田舎で穏やかに暮らしていた、普通の女の子だ。領地の祭りでハンカチを売った際に『幸運のハンカチ』などと呼ばれていたので、多少なりは魔力を持っているのだろうが、特に問題ないはず。

名前を呼べばすぐに終わるのだからまあいいか、と結論を出した。

その後、一向に名前を呼ばないどころか挨拶すると華麗《かれい》にかわして一目散《いちもくさん》に退散する妹と、それに食らいつく王子という意味のわからない構図になるとは、この時は思いもしなかったのだ。


「……それが、理由かい？」

学園の入学式から数日後。深夜にノイマン邸に到着したテオドールを待っていたのは、長兄レオンハルトの渋い表情だった。

「いや、本当にここまで長引くとは思わなくて。確かに公衆の面前で宣言するのはどうかと思うけど、挨拶ついでにさらっと言うかと思ったんだよ。何せ王子が求めているわけだからな。それを、まあ見事に避ける避ける……」

エルナ一人では限界があっただろうが、リリーという相棒との見事な連携《れんけい》に、グラナートも無理強いできずにいた。だが諦められないらしく……ついには魔力確認の授業のパートナーになってくれとまで言い出したのだから恐ろしい。

「エルナが悪い、みたいに言わないでくれるかな。あの子はあの子で、必死に平穏な学園生活を送ろうとしているだけだよ」

それはわかる。エルナは王子に気に入られて玉の輿《こし》を狙うような子ではないし、どちらかといえ

ばそういったいざこざから離れたいタイプだ。美貌の王子に話しかけられ、美少女と共に逃げ回る今の状況は、望むものではないのだろう。

「とはいえ、殿下の事情もわからないでもない。現状唯一の手掛かりがテオドールで、その遠縁ということになっているのなら、エルナを確認しておきたいのは当然だろう」

「そうなんだよな。嫌がらせなら無理にでも止めるけど、あの人も必死なんだ。何せ、自分の命がかかっていて、亡き母親にも関わることだから」

テオドールがグラナートの護衛に就いたのには、もちろん理由がある。剣の腕や経験で言えば、他に適任はいくらでもいた。

逆に言えば、それらではグラナートを守れないということだ。

「エルナは別のクラスだったはずなのに、手違いがあったみたいでさ。俺も教室で姿を見かけた時には驚いたよ」

テオドールの名前を呼びそうだったので慌てて話しかけたが、あれも良くなかった。だが今更エルナだけクラスを移動させるのも目立つし、グラナートが不審に思ってかえって執着《しゅうちゃく》するだろう。やはりさっさと名前を呼んで終わらせてほしいのだが、受け入れられない気持ちもわかる。

「エルナに事情を話すのは、駄目なのかな」

「母さんと国王陛下が止めているからね。勝手に伝えたとなると、あとが怖いよ」

「陛下もアレだが、母さんを怒らせるのは得策《とくさく》じゃないな」

それは単純に怖い。

国王ならば一応は法なり慣習にのっとって罰を与えるのだろうが、母はそうはいかないだろう。

「エルナはごく普通の娘として剣にも魔物にも関わらせずに育てる、って猫かぶっているくらいだから。……怒るだろうな」

「怒るだろうね。それに下手に知らせれば、巻き込んで危険に晒《さら》しかねない」

レオンハルトの肯定は、即ち『死にたくないなら、やめておけ』という忠告だ。同意しかないし、逆らう気もない。

「とりあえず、正攻法で殿下にあまりエルナに構わないようにお願いしてみてくれ」

手っ取り早いのはエルナに『王子の名前を呼んで、貴族令嬢達の嫉妬を受け流せ』と頼むことだが、それをしないのはレオンハルトが妹に甘いからだ。

そしてそれを受け入れるテオドールもまた、エルナに甘いのだろう。

「とりあえず、俺はそろそろ戻るよ。あまり殿下から離れるわけにはいかないし」

「ああ。テオドールも気を付けるんだよ」

レオンハルトの眼差しは優しく、本当に心配しているのだとわかる。レオンハルトはエルナ同様、テオドールのことも可愛がってくれているのだ。

……その方法が、テオドールにとっては過酷なだけで。

何にしても、本来の仕事である護衛任務に励むだけだ。

グラナートが一人の人間に執着しているのは珍しいが、色恋沙汰でもあるまいし、じきに飽きるなり諦めるなりするだろう。あるいはどうしても確認したいというのなら、王子として命じれば一発で終わる。その時にはせめて人目の少ない所で実行してもらうよう、口添《くちぞ》えすればいい。

その後、自分の予想がことごとく外れることなど知らなかったテオドールは、ノイマン邸を出ると真夜中の街を軽やかに走り抜けた。

✦第三話✦ 眼福は鼻粘膜を刺激します

「おはようございます、エルナ様。今日こそは無事に逃げ切りましょうね！」

朝一番に虹色の髪の美少女に挨拶されるのは幸せだが、内容がおかしい。

グラナートが『名前を呼んでほしい』と訴えてくるのも恒例《こうれい》行事となり、あの手この手でリリーと一緒に逃げ回る日々。果たしてこれで二人の仲が進展するのか甚《はなは》だ疑問ではあるが、こうなると逃げ切りたくなるのが人間というものである。

ロマンス輝く乙女ゲームのはずが、恋が遠いのは気のせいだろうか。

「おはようございます、エルナさん」

その美しい声に、びくりとエルナの肩が震える。ついでに教室中の人間の視線が集中するのがわかった。

グラナートが動く度に淡い金髪がさらさらと揺れ、女生徒達がため息をこぼす。目の前のこの少年は、本当に人間なのか疑いたくなるほどの美しさだ。

「おはようございます、殿下。……テオさん」

テオの名前を呼ぶ際に『どうにかして』という気持ちを込めているのだが、今日も愚兄は見守るばかりだ。王子の行動を阻むのは難しいとしても、少しくらいエルナの味方をしてくれてもいいだろうに。

このままでは、ゲームの強制力が兄妹の信頼関係をも破壊しかねない。

「その……お願いがあるのですが」

申し訳なさそうに上目遣いでこちらを見るのは、やめてほしい。破格の美貌がいい仕事をするから、正直眼福でしかない。ちょっとおねだりすれば、国を傾けるくらいのことはできそうだ。まさしく傾国《けいこく》の美女ならぬ、傾国の美少年。グラナートが男で第二王子であることに、歴史は感謝を捧げた方がいい。

真正面から見ては麗しさに敗北するので、どうにか思考の方向を変えて生き延びようとエルナはもがく。

「何でしょうか」

本当は聞きたくないし、もはや聞くまでもない。だが相手は王子でエルナは子爵令嬢。さすがにここで無視するわけにはいかない。

「僕の名前を、呼んでもらえませんか?」

もう何度も聞いたその言葉に、さすがに飽きてきた。周囲の反応に気が付いたらしく、最近では他の生徒に聞こえないように小声で聞いてくるのはありがたい。だが、そのぶんだけ接近することになったので、結局のところエルナに刺さる視線は鋭いままだ。

いい加減にリリーと次のステップに進んでほしいのだが、いつまでこのやり取りをするつもりなのだろう。

「何故だか、伺ってもよろしいでしょうか」

事情があると言っていたし、実際何の理由もなくエルナにこんなことを言い続けるはずもない。それを知ったところで名前を呼ぶとは限らないが、何もわからないよりはましだ。

「それは、その」

言いづらそうに目を伏せる様は、恥じらう乙女の数倍色っぽい。女生徒どころか男子生徒すら目を奪われているのだが、本人に気付く様子はなかった。

美しさは罪という言葉があるけれど、見事にそれを体現している。

妙に納得していると、意を決したようにグラナートが柘榴石の瞳をエルナに向けた。

「あなたに、名前を呼ばれたいからです」

その一言に、それまで見守っていたテオドールが急に咳込んだ。

「……殿下。こんなことを言うのはあれですが、それではまるで告白です。表現を変えた方がよろしいかと」

「そ、そうですか」

咳が収まらないままテオドールが小声で忠告すると、グラナートが慌てている。ちょっと可愛いとか思ってしまうのは、美しすぎる顔面のせいだ。そうに決まっている。

「では。……あなたの声で、僕の名前を聞きたいから」

せっかく収まりかけたテオドールの咳が、再び悪化した。

テオドールの背をさすっているあたり、グラナートが優しいのはよくわかるが、さっきから言っていることがおかしい。

「そんなに名前を呼んでほしいのなら、他の方にお願いしてはいかがですか？」

いい加減この不毛な関係を断ち切りたくて提案すると、グラナートは必死な様子で首を振る。

「いいえ。エルナさんでなければ駄目です。あなた以外では、意味がない」

いやいや、待て待て。その言い方は誤解しか招かない。

「僕の名前を呼んでくれたら、それだけで」

それだけで、エルナは社会的に抹殺《まっさつ》されるのだが。

「ここでは駄目なら、二人きりでも」

地獄の提案を、天使の笑みで追加しないでいただきたい。

「で、殿下。とりあえず今日はここまでで。公務もありますので」

咳のしすぎで涙ぐみながらテオドールが促すと、グラナートは名残惜しそうにエルナを見つめる。

「また明日、声を聞かせてくださいね」

はいともいいえとも言えないエルナは、曖昧に微笑んで誤魔化す。未だ咳の止まらぬテオドールを労わりながらグラナートが教室を去ると、その空気は酷いものだった。

男子生徒は少し頬を赤らめてグラナートが去った扉を見つめているし、女生徒は射殺《いころ》さんばかりの勢いでエルナを睨みつけている。

「公務があるのなら、今日は学園に来なくても良かったのでは」

まさかエルナに挨拶するためだけに来たわけではないだろうが、忙しいのなら放っておいてほしい。

「……あれって。もしかしなくても、そういうことなのでしょうか」

「何ですか？」

「浮いた噂もありませんし、見る限り真面目で物腰柔らかな方ですし。きっと慣れていないのでしょうね。何なら、気付いていないのかもしれません」

「気付く？」

リリーが何やら考え込んでいるが、あの会話で得るものがあったのなら教えていただきたい。

「無自覚って恐ろしいな、ということです」

よくわからないが、リリーの笑みは花が綻《ほころ》ぶように麗しい。その可愛らしさに、エルナはつられて微笑むことしかできなかった。

すぐに講義が始まったのでどうにかやり過ごせたかと思ったが、世の中はそんなに甘くない。

その日の講義がおわると、エルナはあっという間に女生徒達に囲まれていた。

「本当に、何て図々《ずうずう》しいのでしょう」

「平民と田舎貴族と思って大目に見ていましたが、あまりにも酷いですわ」

「殿下の貴重なお時間を奪うなんて、申し訳ないと思いませんの？」

皆様一様にお怒りのようだが、正直エルナとしても納得がいかない。大体大目に見られた覚えはないし、時間を奪われているのはこちらも同じだ。

「取り柄がないのはわかりますが、卑怯《ひきょう》な手で殿下に近付くなんて」

「そうですわ。二人共、自分を恥じたらいかが」

何を言われてもどうでも良かったが、最後の一言だけは許し難い。

それまで黙って聞き流していたエルナが睨みつけると、女生徒は少し怯んで一歩下がる。

「リリーさんは非の打ちどころのない美少女です。恥じるどころか感謝の対象、心に潤《うるお》いと安らぎを与える美しさ。ただの眼福です。訂正してください！」

勢いに押されてうなずきかけた女生徒は、何故かそこで首を傾げている。

「私が地味で取り柄のない空気の田舎貴族なのは間違いありませんが、リリーさんは違います。訂正してください！」

恥と発言した女生徒の目の前に迫ると、すぐ隣にリリーが立った。

「そうです、訂正してください。エルナ様は落ち着いた色彩の癒しの空気。誇るところはあれども、恥じることなどありません！」

エルナを止めるのかと思いきや、まさかの参戦。しかもおかしな方向だ。

「リリーさんが可愛いです！」

「エルナ様も素敵です！」

「――いい加減にしてくださらない？」

謎の言い争いに発展したエルナ達の間に、銅色の髪の美少女が近付いてくる。確かミーゼス公爵令嬢、だっただろうか。

悪役令嬢に相応しい美しさと迫力の少女は、そのままエルナ達の前にやってきた。

「ほら、御覧なさい。アデリナ様も不快だ、とおっしゃっていますわ」

強力な後ろ盾を得たとばかりに、女生徒達が勝ち誇った顔をしている。虎の威《い》を借《か》るとはまさにこのことだが、この美少女が味方ならばエルナだって自慢したくなるだろう。

リリーは正統派の清楚で可憐な美少女で守ってあげたくなるが、アデリナはきつめの顔立ちが引き立つ悩殺ボディで守ってほしい系の美少女だ。これは、甲乙《こうおつ》つけがたい。

エルナは対極の美しさを持つ二人を、じっくりと堪能し始めた。

「大勢で囲んでものを言うのは、理不尽ではありませんの？　言いたいことがあるのでしたら、個人的にお伝えするべきでは？」

「そ、それは」

まさかの言葉に、女生徒達が怯む。

「それから。ここは教室です。大声を出すのは、はしたないと思いませんか？」

「す、すみませんでした」

今度はリリーが謝罪している。

アデリナは女生徒達の味方ではなく、だからといってエルナ達を庇うわけでもないらしい。今までグラナート絡みで散々名前を聞いてきたが、どうやら公平な人物のようだ。

もちろん恋愛イベントが進行したらまた違うのかもしれないが、今のところは正論しか言っていない。

リリーは平民の美少女ゆえに浮いているが、もしかするとアデリナは身分ある美少女として浮いた存在なのだろうか。微妙に距離感のある女生徒達との様子を見る限り、親しみやすい相手ではなさそうだ。

……孤高の美少女とか、最高なのだが。

リリーとどこまでも対極の存在だが、その美しさに関しては同等だ。

制服では隠し切れないボディラインは、世の女性の願望をすべて詰め込んだ完璧さ。悩殺ボディなのにお色気キャラというよりは高嶺の花なのもまた、エルナの心をくすぐる。

それにしても、一体何を食べたらあの体になれるのだろう。何とも、羨《うらや》ましくもけしからんボディである。

完全に邪《よこしま》な目でアデリナを見ていると、その眉が顰《ひそ》められた。

「あなた、聞いていますの？」

「はい、聞いています。ありがとうございます」

眼福にお礼を述べると、アデリナは少し驚いたような表情になり、すぐに視線を逸らした。

「別に、あなたにお礼を言われるようなことはしていませんわ」

「……え、可愛い」

まるでお手本のようなツンデレ対応に、エルナの心がときめく。思わず漏れた感想に、アデリナが何故か狼狽《うろた》え始めた。

「な、何を言っていますの」

「だって、綺麗な子がお礼に照れるとか、可愛さしかないです。最高です。是非、もう一度」

期待を込めてアデリナを見つめると、今度はほのかに顔が赤くなっていく。もちろん、その様も可愛らしい。

「わ、わたくしはこれで、失礼致します！」

立ち去るアデリナを見て、女生徒達も慌てて後を追う。どうやらエルナと一対一で話し合いをするつもりはないらしい。

「綺麗なのに、可愛い人でしたね」

同意を求めようとすると、何故かリリーは御機嫌斜めの様子で頰を膨《ふく》らませている。

「エルナ様に可愛いと言われるなんて、ずるいです」

「リリーさん、その顔はいけません。可愛らしすぎて、攫われてしまいます」

美少女が頬を膨らませたら、それは鬼に金棒、虎に翼。とりあえず感謝を込めて祈りを捧げたい。

「私、可愛いですか？」

「とんでもなく、可愛いです」

正直に答えると、リリーは嬉しそうに紅水晶の瞳を細める。

「エルナ様に褒められるの、大好きです」

背景に星空がきらめきそうな麗しい笑みだが、それはロマンスのお相手に見せるべきものではないのだろうか。何だかエルナが美少女攻略をしているようで、少し複雑だ。

グラナートを筆頭とする攻略対象達にもう少し頑張ってほしいと思いながら、エルナはリリーと一緒に学園を後にした。


「あなた、よくも騙《だま》してくれましたわね」

毎朝必ず挨拶に来るグラナートとテオを、上手くあしらって逃げられるようになった頃のこと。

中庭のベンチにリリーと座っていたところを、女生徒六人ほどに取り囲まれた。

リーダー格の少女は明らかに怒っているようだが、どうしたのだろう。そういえば、以前にもこんなことがあったような気がする。

「ああ、あの時のリーダーの方ですね！」

「リーダーって何ですの？」

「こちらは、リーバー伯爵令嬢です。間違えないでいただきたいわ」

間違えるも何も、知らないのだから仕方ないではないか。どうやらリーダーはリーバー伯爵令嬢というらしいが、まさしくリーダーになるべくしてなった名前である。

「それで、何の御用《ごよう》ですか？」

「あなた、わたくし達を騙しましたわね」

「殿下が『グラナートさん』と呼ばれたがっているなどと、嘘をついたでしょう！」

「不敬であるとお叱りを受けましたのよ！　どうしてくださるの！」

「自分で呼べと言っておいて、それは酷いですね。私、呼ばなくて良かったです」

あんなに名前を呼べと言っておいて、呼んだら叱られるなんて理不尽だ。意味がわからないが、もしかして暇なのだろうか。

「殿下が、そんなことをなさるはずがありませんわ。あなたがわたくし達を唆《そそのか》したのでしょう！」

「田舎貴族と平民の考えそうなことですわ」

どうやら、何をしてもエルナが全部悪いことになるらしい。

「お嫌いな平民と田舎貴族の言うことを勝手に信じておいて、結果が悪いからと責任転嫁《せきにんてんか》されても困ります」

リリーが平然と正論を口にすると、リーダー一行はさらに怒気《どき》を強めた。

火に油を注ぐ系ヒロインとは、実に恐ろしい。麗しいだけに、更に恐ろしい。

「でも、本当に言っていたのですが。『グラナートさん』と呼んでくれないのか、って。何度も。

……高貴な方の考えることは、よくわかりませんね」

ポツリと愚痴をこぼすと、途端にリーダー一行がざわめきだした。

「本当に言われたの？」

「名前を呼んでもいい、というお許しだったのではなくて？」

「呼んでくれないのかと請われたの、ですか？」

「何度も？」

何かブツブツと一行が話し合っているが、よく聞こえない。上品な御令嬢は声も小さいので、会話も面倒くさい。

「あの、リーダーさん。そろそろ授業が始まるので、行きますね」

いつまでも付き合っていられないので、リリーと共にベンチを立つ。教室まではそれなりに距離があるので、急がなければならない。

「だから、リーダーではなくてリーバー伯爵令嬢だと」

「お待ちなさい」

何か聞こえたが、既にリリーと二人で走り出している。

普通、令嬢とは優雅に淑《しと》やかに振舞うもの。田舎を走り回って育ったエルナと平民のリリーに、追いつける者はいなかった。

「……貴族の御令嬢って、暇なのでしょうか」

エルナの呟きに、リリーが苦笑する。

「私は平民ですから、わかりません。エルナ様こそ、子爵令嬢ではありませんか」

「そういえばそうでした。……でも、全然気持ちがわかりません。何がしたいのでしょう」

リーダーに騙されたと文句を言われてからというもの、エルナは嫌がらせのようなものに遭っていた。

『名前を呼んでほしい』の頻度は下がっていたが、相変わらずグラナートとテオは挨拶にくる。おかげでクラスメイトからは敵対心むき出しにされるか、様子見とばかりに遠巻きにされていた。また、リリーは特待生に選ばれると噂されるほど優秀らしく、気に入らないらしい貴族は無視してくる。必然的に、エルナとリリーは一緒にいることが多かった。

エルナとしても誰が攻略対象でイベントに関わるのかわからない以上、下手にクラスメイトに接することができない。乙女ゲームによる、疑心暗鬼状態である。

『虹色パラダイス』は癒しもときめきもくれない上に、人を疑い深くする。

こうなると明らかにヒロインとわかっているリリーの方が、まだ安心できるというものだ。そのせいでグラナートが来る気もするが、リリーとすっかり打ち解けた今となってはわざわざ離れるつもりもなかった。

「嫌がらせだと思いますよ、多分」

「うーん。それにしてはどうも微妙ですよね……」

嫌がらせのようなもの、という曖昧な表現なのにはもちろん理由がある。

乙女ゲームのヒロインである平民のリリーに貴族が嫌がらせをするのだから、もっと華々しいものを想像していた。

制服に泥水をかけるとか、持ち物を隠すとか壊すとか、そういう『これぞ、嫌がらせ』というものが来るのかと思いきや。バケツを持った女生徒が転んだ音にびっくりしたり、教科書を並べた順番が変わっていたり……嫌がらせと呼んでいいのかよくわからないことばかり起きている。

唯一それっぽいと言えば嫌味や悪口で、通りすがりや教室内で色々言われていた。ただ、何かを言われているなという程度の認識なので、結局たいした害はない。

エルナの被害が小規模なのはまだわかるが、標的であるはずのリリーにも効果がないのだから、何とも無意味である。

「もしかして、貴族令嬢って嫌味を言うのが一番の嫌がらせなのでしょうか」

「もっと権力を使った嫌がらせを知っていますけれど。確かにここの人達はぬるいですね」

ヒロインがぬるいとか言っている。しかも権力を使われたことがあるらしい。

誰もが振り返るこの美貌だから、色々あったのだろう。美少女というのも、大変そうである。

「そもそも、嫌がらせしてどうするのでしょう？　私達を泣かせたいのでしょうか」

泣いたとして、それで何になるのだろう。そんなことで気分が晴れて嫌味が終わるのなら、一度くらい泣いてみてもいいかもしれない。

だが、リリーは首を振った。

「泣いたら喜んで、更に嫌味を言いますよ。自分が正しいと思っているのですから」

妙に実感のこもったリリーの言葉に、エルナも納得せざるを得ない。

「……でも、やり返されたらどうするつもりなのでしょうね」

「考えていないと思います」

それはまた、ずいぶんと短絡的である。

「でも、相手を刺す者は相手に刺されることを覚悟しなければならない、と言うじゃありませんか」

「エルナ様は、どこの武人ですか」

ノイマン家では普通の教えだったのだが、どうやら王都では馴染みがないらしい。

日本にも似たような言葉があった。……確か、人を呪わば穴二つ、だったか。

「覚悟なんて必要ありません。自分が正しくて相手が悪いのですから。あの人達にとっては、攻撃ではなくて正当な是正なのです」

なるほど。だからわけのわからない言いがかりでも、あんなに堂々としていられるのか。自分の立っている場所は、綱の切れかかった吊り橋《つ　ばし》かもしれないのに。

乙女ゲームのイベントに巻き込まれる可能性があるというだけでも不安なので、エルナにはとても真似できそうにない。

「前向きなところは、見習いたいですね」

ゲームの世界を楽しむくらいの余裕を持てればいいのだろうが、なかなかそうもいかないのが現実である。

「エルナ様は、そのままでいいです」

その言葉から、エルナという存在に親しみを感じてくれているのが伝わってきて嬉しい。おかげで不安も和らぐし活力が生まれるのだから、美少女は偉大である。

これが可愛いは正義というやつなのか、とエルナは感心した。


「……そんなに、王子や騎士と恋仲になりたいものでしょうか」

朝からグラナートとテオに挨拶されてはすり抜け、女生徒達に嫌味を言われるのを受け流し、昼休みには中庭でリリーと一緒に休憩をする。

最近はこの流れが恒例行事となりつつあった。

『名前を呼んでほしい』と言われることもほとんどなくなったので一見問題ないのだが、王子と挨拶をかわす以上、真の平和はまだ遠い。

いつもと違うことと言えば、今日はリーダーのお仲間の一人がすれ違いざまに派手に転んだくらいか。リリーが天使の笑顔で「因果応報です」とか言い出すから、少し焦った。足をかけられたと言いがかりをつけると思いきや、転んだことにびっくりした様子で何も言ってこない。おかげで、問題なくその場を立ち去ることができたのは良かった。

相変わらず嫌がらせみたいなことがあったりなかったりするけれど、嫌味だけはどんどんエスカレートしている。グラナートが目的なら本人にアプローチすればいいと思うのだが、圧倒的美少女のリリーが挨拶されているのを見て、気が気ではないということか。

気持ちはわからないでもないが、頑張る方向を間違えているとしか思えない。

「エルナ様って、本当にアレですよね」

リリーの憐れむような眼差しに、ハッとする。

そう、リリーはヒロインだ。メイン攻略対象のグラナートはもちろん、存在するはずの他の攻略対象にも素敵な肩書があるに違いない。そして、そんな攻略対象達を根こそぎ骨抜きにできるのだから、とんでもない話だ。

「すみません。リリーさんの好みは悪くないと思います。むしろ、凄いです」

「何の話ですか」

乙女ゲームの話ですとは言えない以上、何でもないとしか答えられない。

「まあ、エルナ様のことは置いておいて。普通の令嬢は王子狙いでおかしくないと思いますよ」

「そうなのですか」

「王族と繋がりを持てるだけでも、効果絶大ですからね」

なるほど、そういうことか。

「王室御用達と書いてある糸に、ときめく感じですね」

「糸ではなく、現物にときめいてください」

「確かに実際の品質も大事です。でも王室御用達の名前だけでも、売れ行きが変わりそうですね」

「糸の話になっています?」

「つまり家の商売や箔をつけるために、王族にお近づきになりたいということですか」

個人的にはあまり興味はないが、貴族社会的には十分すぎる価値があるわけだ。

「それだけではないから、ちょっと厄介なのですよ」

随分と穏やかではない表現だが、他に一体何があると言うのだろう。

「エルナ様。ヘルツ王国の王位継承順はご存知ですよね」

「第一王子が、次の国王でしょう?」

「そうですけれど。……この間、王妃と側妃の話をしたのを憶えていますか?」

確か、第一王子と第一王女が側妃の子供で、第二王子が王妃の子供だった。つまり、日本風に言うと正妻の子は第二王子で、他の二人は妾の子ということになる。

ここはヘルツ王国だし、側妃というのは正式な制度なので妾とは違う。だが、王妃の子という価値が大きいのだとすれば。

「……第二王子に継承権が移る可能性がある、のですか？」

リリーはゆっくりとうなずいた。

「今後、第二王子が継承権一位……つまり、王太子になるかもしれない。そうなれば、第二王子の妻は王太子妃。ゆくゆくは王妃となります」

「皆さん、将来の王妃が目的なのですか」

要は玉の輿狙い。壮大な野心には感心するが、その割にやっていることはスケールの小さい嫌がらせなのだから、おかしなものだ。

「もちろん、そのまま第一王子が王位を継ぐ可能性が高いです。それでも第二王子は王族ですから、狙って損はないのでしょう」

ヒロインのメイン攻略対象への評価が『損はない』なのは、いかがなものだろう。もっと、燃えるようなロマンスの末に身分を乗り越えるはずなのだが。まあ、実際のシナリオがどんなものなのかは知らないけれど。

……これは、好感度が足りていないのだろうか。

「それにしても、リリーさんは詳しいですね。私は全然知らなかったので助かります。リリーさんなら外交官にでもなれそうですね」

優秀なのは間違いないし、相当できる女になりそうだ。日本風に言うと、キャリアウーマンというやつか。是非とも同僚に欲しいし、何なら上司や部下でも嬉しい。

「……色々、勉強しましたので」

少し頬を赤らめて俯くリリーは、これぞ乙女という可愛らしさだ。きっとグラナートのために勉強した、ということなのだろう。好感度不足が心配だったが、思ったよりは上がっているようで一安心である。

このままグラナートと上手くいって、さっさと平和に『虹色パラダイス』が終わってくれればありがたい。だが、世の中はそんなに甘くない。

乙女ゲームももちろん、甘くなかった。


ある日、先生に頼まれた資料用の本を持って廊下を歩いていると、女生徒達に取り囲まれた。つまずいたせいで本を落としてしまい拾おうとした際の、あっという間の出来事だった。

「今日は、あの生意気な女はいませんのね」

「一人でどこまで耐えられるのかしら」

ふふふ、ほほほ、と背景に文字が見えそうな笑い方だが、耐えるとは何をするつもりなのだろう。

「リリーさんは生意気ではありませんよ。正直なだけです。あと、とんでもなく可愛いです」

「それはまあ、その。……そういうところが、生意気なのです!」

さすがにリリーの美貌を否定することはできないらしく、何だかうやむやにされた。

これは、もう一押しすればリリーの魅力にはまってくれるかもしれない。

「あの虹色の髪、凄いですよね。七色の色彩が素晴らしくて、あんな糸があったら是非ほしいです」

「ええ、まあ。……糸？」

「それは、まあ」

「顔立ちもお人形かというくらい整っていますし、『可愛い』が服を着て歩いているみたいです」

「更に色々と物知りなのもいいですよね。可愛いのに頼もしいって、最高です」

「――誤魔化そうとしても、騙されませんわよ！」

急に大声を出されてびっくりすると、女生徒達は一斉にエルナを睨みつける。

「いつもわけのわからないことを言いますけれど、今日こそはっきりさせましょう。あなた、いつまで殿下にご迷惑をおかけするつもり⁉」

「……僕が、何ですか」

その艶のある声に、女生徒達が一瞬で固まった。

廊下の向こうからやってきたグラナートの金の髪は陽光を浴びて輝き、いつにも増して美しい。

少し険しい表情だが、結局麗しいことに変わりはないし、凛々しく見える分だけ割り増しされていると言ってもいい。

「エルナさんに話しかけているのは僕の方です。問題があるのなら、僕に言ってもらえますか」

「そ、そんな。殿下に問題なんて」

うっとりとグラナートを見つめていた女生徒は、慌てて首を振る。

「では用がないのなら、もういいでしょう」

暗に『ここから立ち去れ』と言われた女生徒達は、高速でうなずくと礼をし、そのまま慌ててどこかに行ってしまった。いつもながら、素晴らしい集団行動である。

「……ありがとうございます、殿下」

これはもしかして、助けられたのだろうか。

別に困ってはいなかったし、何なら囲まれた原因はグラナートだ。それでも一応の礼儀として頭を下げると、グラナートは首を振り、それに合わせて金の髪がサラサラと揺れる。

「いいえ。僕のせいでこんな目に遭《あ》ったのですよね。……すみません」

そう言うと、足元に転がった本を手早く集め始めた。王子が謝罪するのも落ちた本を拾うのも意外で、エルナはただぼうっと見守ってしまう。

すべての本を集め終わった頃、ようやく我に返って慌てて受け取ろうとすると、グラナートは本を抱えたまま笑みを浮かべた。

「これを運ぶのでしょう？　手伝いますよ」

「いえ、一人でできますから」

「それなら、半分だけでも」

王子に労働を課すのもどうかと思うが、ここで断固拒否するのも失礼かもしれない。仕方がないので半分こにすると、そのまま並んで廊下を歩く。

グラナートは非があれば謝るし、手伝うことも厭《いと》わないし、いつでも物腰は柔らかくて丁寧な対応だ。逃げ回っているエルナとリリーにも一言命じればいいのに、無理強いもしない。

悪い人ではないとわかるのだが、そうなると『名前を呼んで』のおかしさが際立ってくる。最近ではほとんど要求しなくなってきたが、事情を聞いたら答えてくれるだろうか。

「殿下は何故、私に名前を呼んでほしかったのですか？」

「……すみません」

やはり、詳しい理由は言えないのか。

つらそうな表情からして、からかっているわけではなさそうだし、そういう人間ではないだろうと今ではわかる。

「人前で呼ぶのは難しいというのは、理解できます。僕も最初はちょっと意地になっていましたが、よく考えればあなたにとって負担しかありませんよね。申し訳ないことをしました」

ここまで素直に謝罪されると、『あなたのせいで平穏な学園生活がピンチです』と文句も言いづらい。挨拶している時点で目の敵《かたき》にされているので、グラナートに『近付くな』というくらいしか対処法はないが、それは更に言いづらい。

そして見目麗しい少年がしょんぼりしているというのは、視覚的な効果が抜群だ。

可愛いは正義、美少年も正義。

もう慣れてきたこともあり、怒る気にもなれなかった。

「人前では無理でしょうから……二人きりなら、いいですか」

「はい？」

本を指定された教室に運び終えると、グラナートがとんでもない提案をしてきた。言葉は聞き取れない距離とはいえ、教室内にもすぐそこの廊下にも人影があるのだが。

「僕と二人だけで、話をしてくれますか」

決して大きくない声が、エルナに衝撃を与える。

もちろん一切やましいことはないのだとわかってはいるけれど、王子だという事実と美少年という見た目がエルナを怯ませた。

「いえ、ちょっとそれは」

「僕は、あなたと二人きりになりたいのですが」

グラナートはエルナの目の前に立つと、柘榴石の瞳でじっと見つめてくる。吐息が届きそうな距離に、自然と緊張が走った。好意がないとわかっていても、美少年の色気溢れる表情と声は鼻粘膜を的確に刺激する。

このままでは鼻血が出るかもしれないという人生初体験の恐怖に、エルナはただ首を振ることしかできない。

らん。

「駄目ですか」

駄目も何も、その顔自体がもう反則だ。首を傾げる様は大変に可愛らしく、美しく、実にけしからん。

何だかもう、胸が苦しいし、息も苦しい。

「め、命令ならば、従います」

とにかく少し距離を取ってほしくて、そう言って一歩下がる。

すると何故かグラナートは俯き、そして苦笑いを浮かべた。

「また、エルナさんを困らせてしまいましたね。すみません。……今日はこれで」

グラナートはそう言うと、教室を出て行く。

完全に姿が見えなくなったところで、ようやくエルナはほっと息を吐いた。

「鼻血、回避……！」

心の底からの呻《うめ》きが聞こえたらしく、教室内にいた数人が首を傾げている。だが、今のエルナにそれを気にする余裕はない。

美貌から放たれる圧とは、こんなにも凄まじいものなのか。先ほどの衝撃でまだ心臓はバクバクいっているし、呼吸も少し乱れていた。初対面の時の方がもっと距離は近い上に押し倒されていたのに、あの時とは明らかに何かが違う。恐らく、最初は前世の記憶が戻ったせいで割引されていたのだろう。

さすがは乙女ゲームのメイン攻略対象。溢れる色香が鼻粘膜を刺激するとは、とんでもない威力である。

「いや、本当に怖いです。鼻粘膜」

自身の変化の意味に気づかぬまま、エルナはため息と共に教室を出た。

✦閑話✦ グラナートの意識

入学式でエルナに関わったのは、偶然だった。

たまたまグラナートの目の前で転びそうになったから、手を伸ばした。ただ、それだけ。決して目を引く容姿というわけではない、ごく普通の少女。

それなのに、水のように澄んだ水宝玉の瞳を至近距離で見つめたら——動けなくなった。


「あなたの声で——僕の名前を、呼んでほしい」


あれは、咄嗟に出た言葉だ。

エルナの瞳と、その奥に感じる不思議な何か。名前を呼んでもらえればその正体がわかる、と本能で察したのだろう。エルナはテオの遠縁らしく、つまりは関係者の可能性がある。そういう意味ではグラナートの勘は正しかった。

「……殿下。こんなことを言うのはあれですが、それではまるで告白です。表現を変えた方がよろしいかと」

テオの言葉に心の奥で何かが反応したが、あまり気にしていなかった。とにかくエルナがグラナートの名前さえ呼んでくれれば、それではっきりするし、終わる。

だが、王子であるグラナートが一人の女生徒に『名前を呼んで』と伝えるのは、周囲の反応が大きかった。早く確認したいという気持ちはあるが、エルナに迷惑をかけたいわけではない。テオに諭されたこともあり、だんだんと『名前を呼んで』の回数は減り、ほとんど口にすることはなくなっていた。

目的を果たせないのならば、別にエルナに話しかける必要はない。それでも挨拶をし続けたのは、少しでも親しくなれたら名前を呼んでくれるかもしれないという打算だ。

そう、思っていたのに。

「め、命令ならば、従います」

一歩後退りながら告げられたエルナの言葉に、グラナートは衝撃を受けた。

確かにその通りだ。王子として名前を呼ぶように、と命じればいいだけの話。それなのに、できなかった。

……無理強いをして、エルナに嫌われたくなかったから。

王子であるグラナートに媚《こ》びないところ。女生徒達に囲まれてもまっすぐに前を見る強い眼差し。控えめな容姿でありながら、心を惹きつけてやまない何か。

エルナと話をしたいし、二人きりになりたいし、触れたいと思った。

自分でもよくわからないが、きっと名前を呼んでもらえればはっきりする。だが、名前を呼んでしまえばもう関わる理由もない。それを寂しいと感じる自分がいた。

何もかもが新鮮で、それでいて嫌な気持ちではない。

グラナートは生まれて初めての不思議な感覚に戸惑いながらも、水宝玉の瞳の少女を想っていた。


「……なんてことを、俺に聞かせるんですか」

テオドールは両手で頭を抱えたまま、その場にしゃがみ込んだ。

「何故エルナさんに挨拶を続けるのか、と尋ねたのはテオの方でしょう」

ただ質問に答えただけなのに、グラナートが悪いかのように言われるのは心外だ。

「それはそうですけれど。もっと簡潔に、適当に誤魔化してくださっても」

「テオは僕の命を預ける護衛ですから、嘘をつきたくありません」

「いや、真面目か」

テオはぶつぶつと呟きながら、ゆっくりと立ち上がる。何となく顔が赤いのは気のせいではないだろう。

「もしかして、テオはエルナさんのことを好きなのですか？」

「はあ⁉」

返答というよりも叫びに近い声を上げているが、困惑した表情からはその意思を読み取りにくい。

「遠縁という割には名前を呼び捨てにしていますし、距離も近いので」

「それは……まあ、何度も会ったことがありますから。要は妹のようなものですよ」

「そういうものですか」

テオは、いつでもエルナを優しく見守っている。それは愛情ゆえと思っていたのだが、違うのだろうか。

「それで、その。エルナに挨拶を続けるのは、魔力の確認のため。そして……それとは別にエルナと親しくなりたいから、でいいのですか？」

「親しくなって魔力の確認ができたら、とは思っています。こんな下心を持っているから、エルナさんも距離を取るのでしょうね」

「エルナが怯えているのは、殿下というよりも周囲の反応です。大体、その程度の何が下心ですか。自分はもっと、どす黒い下心を持った連中と接しているでしょう」

グラナートは未婚の王子なので、利用しようとする者は多い。エルナに近付けば、それだけ彼女が注目されるのは必至。実際に女生徒に囲まれているのを見かけたことがあるし、それ以外にもきっと色々あるのだろう。

王子として生徒達に注意はしておいたが、それですべてが解決したとも思えなかった。

「では、僕に下心はないと思いますか」

「それは自分の胸に聞いてみてください」

なるほど。

グラナートは言われるままに手を胸に当て、エルナのことを思い浮かべた。

澄んだ水宝玉の瞳をずっと見ていたいし、流れる灰色の髪にも触れてみたい。もっと沢山のことを話して、エルナを知りたい。

そして、グラナートのことも知ってほしい。

「……そばに、いたいです」

心の奥底から湧いてこぼれ落ちた言葉を聞くと、テオドールは困ったように微笑んだ。

「正直に伝えたらいかがですか。確かにあなたの背負う事情は色々ありますが、心を捻じ曲げる必要はないと思いますよ」

諸事情を伝えずに、それでも正直にとなると、何を言うべきだろう。

「朝、昼、夕で定期的にお話させてください、とか？」

「何ですか、その薬の服用時間みたいな要求は」

「ですが、お願いするからには正確に伝えないと。エルナさんにも予定があるでしょうし」

「いや、真面目か」

テオドールは何故か呆れた様子だが、何か問題があったのだろうか。

「都合が悪ければそう言うでしょうから、話したい時に声をかければいいんです。その前に気持ちを伝えてあれば、理由もはっきりしていますしね」

「気持ち……ですか？」

首を傾げるグラナートを見たテオの表情が、どんどん曇っていく。

「まさか、自分で気付いていないんですか？　ちょっと、エルナについて思うことを言ってみてください」

よくわからないが、テオは真剣な様子だし、ここは従うべきだろう。

「水宝玉の瞳を見ていたい。灰色の髪に触れてみたい。隣に立ちたい。話をしたい。視線を独り占めしたい」

「ああ、いや、もういいです。それで……わかりましたよね？　自分の気持ち」

「……そばにいたい、です」

何故同じことを言わされているのかわからないまま答えると、テオは愕然とした表情でグラナートを見ている。

「いや、鈍感か」

よくわからないが、非難されているような気がしないでもない。

「俺にここまで言うのだから、てっきり……。まさか、無自覚だったとは」

「どういう意味ですか？」

「何でもありません。俺が教えるのもおかしいですし。自分で好……いえ、それに気付くまでは今まで通りでいいのでは」

何だか体よくあしらわれたような気もするが、確かに急に対応を変えてはエルナも驚くだろう。

「もうしばらくは挨拶を交わして親交を深めるのが目標、ですかね」

「いや、不器用か」

「何ですか」

「何でもありません」

勢いよく首を振っているが、やはりテオはエルナのことを好きなのではないだろうか。個人の感情は自由だし、二人は旧知の仲なので、グラナートが関与することではない。

それでも何故か気になって、心の奥がモヤモヤして。

その気持ちの正体を、グラナートはまだわかっていなかった。

✦第四話✦ 清めのハンカチとストレスがもたらすもの

学園が休みのその日、エルナは朝食を食べると邸を出た。

レオンハルトとはタイミングが合わず、最近は顔を合わせることも少ない。だが何度訴えたところで、事態は変わらないだろうと諦めていた。

リリーとグラナートの接点である以上、テオドールが話しかけてくるのは必至。これでゲームの強制力は存在しないというのなら、妹の言葉を理解できない残念な頭の兄ということになる。さすがにそれは切ないので、違うことを願うばかりだ。

恐らくリリーとグラナートが二人で話をするようになってくれればお役御免だろうから、そこに期待しよう。

だがグラナートに話しかけられるのは諦めたとはいえ、平気なわけではない。ただでさえ増えてきた女生徒達からの嫌味が、グラナートと接触すると一気に増すのだ。行く先々でひそひそ、または堂々と。ないことないこと言われ続けるのは、さすがに気分が悪い。

そんなイライラやモヤモヤを解消するべく、エルナは刺繍に励んでいた。

ざくざくと、お世辞にも優雅に刺繍しているとは言えない音と共に、大量生産である。イメージはサンドバッグを殴り続ける感じだ。

嫌なものはなくなれ、と日夜糸を刺しまくっていた。

「おかげで作業がはかどりますし、思ったよりも売れているのですから、人生何が吉と出るかわかりませんね」

あれ以来、エルナは刺繍をしてはお店に納めるのを繰り返している。そして今日も、いつものように『ファーデン』にハンカチを届けに来たのだ。

「先日納めていただいた十点は、もう完売していますよ。『グリュック』のハンカチ、すっかり人気商品です」

店員は楽しそうにそう言うと、エルナが持ってきたハンカチを確認した。

「確かに八点、お預かりします。今度は星の柄ですか。可愛いですね」

店員は売り上げ金をエルナに渡すと、今日持ってきたハンカチを仕舞う。

「店頭に出さないのですか?」

不思議に思って尋ねると、店員は苦笑いを浮かべた。

「実は、どうしても『グリュック』のハンカチが欲しいという人が絶えなくて。お得意様には特別に優先販売をしています。ですから、この八点は既に買い手が決まっているのです」

「そ、そうなのですか?」

馬鹿みたいな量を刺繍して持ってきてもホイホイ受け取ってくれるので、販売力が凄いと感心していたが。まさかそこまで売れていたとは、驚きである。

「何でも巷《ちまた》では、清めのハンカチと呼ばれているみたいですよ」

「清め？」

どういう意味だろう。手を拭いて清めるというのなら、ハンカチ全般に当てはまると思うのだが。

「このハンカチが、悪いことから身を守ってくれるそうです」

「……どこから、そんなでたらめなご利益が出てきたのでしょう」

「病の症状が軽くなったとか、嫌なお見合いが破談になったとか、色々聞きますよ」

「もうそれ、ハンカチと関係ありませんよね？」

「実際はどうあれ、信じて買っていく人は多いです。最近では、貴族の方のお使いが店に来ることも多くなってきました」

「破談にしたい婚約、ありそうですね。貴族の方々」

つまりはゲン担ぎというか、気休めのお守りみたいなものとして認識されているらしい。

店員もご利益を信じているわけではなさそうだが、売り上げに一役買っているので否定はしていないようだった。口コミによる宣伝は、どこの世界でも強いものである。

「まあ、何にしてもありがたいことです。ちょうど三十九番の赤がなくなりそうなので、買って帰れますね」

お高い糸なので少しだけ買うつもりだったが、売り上げに貢献しているからとオマケしてもらえた。これは思わぬ収穫である。

エルナはうきうきしながら、店を後にした。

『ファーデン』は、王都の中心部から少し外れたところにある。店の位置も一見わかりづらい路地の奥なので、最初は迷いそうになったものだ。

さすがにもう慣れたエルナは、路地を出ると通りを最短の道でノイマン邸に向かう。お花や野菜を売るお店の前を通ると、色鮮やかなそれに刺繍心がくすぐられた。

「今度は果物の刺繍のハンカチもいいですね。『ファーデン』にはまだ出していませんし」

「ちょっと。そこのあなた、待ってくださる？」

刺繍の図案を考えながら歩いていると、突然声をかけられる。思わず足を止めると、背後から近付いて来た人影がエルナの前で立ち止まった。

濃いめの金髪に真珠《パール》の瞳の美しい女性だ。少し地味なドレスとはいえ仕立ては良さそうだし、何と言っても隠し切れない気品がある。これは貴族のお嬢様のお忍びだろう、とエルナは察した。

ちなみに正真正銘子爵令嬢のエルナは、平民に違和感なく溶け込んでいるという自負がある。それを侍女のゾフィに自慢したら、呆れられたが。

「あなた、『ファーデン』というお店をご存知なの？」

「はい、知っていますよ。ここから近いです。案内しましょうか？」

エルナの一言で、女性は笑みをこぼす。花が綻ぶという言葉に相応しい美しさに、何だか得した気分だ。

「まあ、ありがとうございます。なかなか見つけられなくて、困っていたのです」

「確かに、わかりにくい路地ですよね」

「ええ。時間がなくて焦ってしまい、余計に見つけられなくて。どうしても買いたいものがあったので、助かりましたわ」

歩き慣れていないであろう女性のために、かなり速度を落として歩を進める。『ファーデン』には貴族も来店すると聞いていたが、本当だったらしい。平民から貴族まで訪れる店というのは、結構珍しいのではないだろうか。

「どうしても買いたいもの、ですか」

エルナの脳裏に、お店に並んでいた高級刺繍糸が思い浮かぶ。

あれは確かに素敵な糸だった。お値段がネックだが、貴族令嬢なら問題なくポンと買えるのだろう。自分のことを棚に上げたエルナは、高級糸に思いを馳せる。

「ええ。清めのハンカチというのは、ご存知かしら」

急に飛び出したその一言に、刺繍糸で頭がいっぱいだったエルナは現実に引き戻された。

「清めのハンカチって……『グリュック』の、ですか？」

まさかと思いつつ確認してみると、女性は微笑みながらうなずく。濃い金髪が陽の光を弾いて、夢のように輝いた。

「そうです！　わたくし、どうしても清めのハンカチが欲しくて。ようやく時間を作れたので、今日買いに来ましたの」

こんなに美しい貴族のお嬢様と思われる人が、何故高級でもないハンカチを、それもわざわざ自分で買いに来たのだろう。

当然の疑問に、先程の店員との会話を思い出す。

悪いことから身を守るということになっているのなら、何か困っているのかもしれない。そういえば、望まぬ婚約が破談になったとも言っていた。もしかしたら、この女性も意に添わぬ婚約に苦しんでいるのだろうか。

貴族の婚約は、本人達の気持ち一つではどうしようもないことが多い。だからこそ、こんな眉唾《まゆつば》もののハンカチにも縋《すが》りたくなるのだろう。お忍びで本人が買いに来ているのは、家人にばれたくないからに違いない。

「これで、少しでも……あ、いえ。何でもありませんわ」

何かを言い淀《よど》む姿に、エルナの想像は確信に変わる。それと共に、この女性を助けてあげたいという気持ちが湧いてきた。

曲がりなりにも貴族令嬢のエルナは、家同士が決めた婚約は仕方がないものだと理解している。日本で言えば、会社同士の契約だ。個人の感情など関係がないが、それでも嫌なものは嫌だろう。

ハンカチひとつで気持ちが軽くなるのなら、安いものではないか。

「あ。でも、完売だと言っていましたね」

今日エルナが納めたハンカチも、既に買い手が決まっていると聞いた。ということは、店に行っても買えるハンカチはもうない。

「……そうですか。せっかく手に入ると思ったのですが、仕方ありませんね。また機会を作って……」

「あの、良かったらこれを」

エルナが急いでカバンから取り出したのは、リリーと色違いで作った虹色の花の刺繍が入ったハンカチだ。

「新品ではないですけれど、汚れてはいません。間違いなく『グリュック』のハンカチです。これでよければ、差し上げます」

恐らく、この女性は受け取るだろう。

彼女は切羽詰まっている。平民から使用済みのハンカチを渡されるという、本来なら失礼なことさえどうでもいいと思うほどに。

エルナは何となく、そう感じていた。

「でも、これはあなたのものでしょう？」

「私はいつでもお店に行けます。必要な方が役立ててください」

女性は手に乗せられたハンカチに、視線を落とす。

「……本当に」

小さく呟いて、じっとハンカチを見ている。やがてゆっくり顔を上げると、女性は穏やかに笑った。

「ありがとうございます。いただきます。本当に、ありがとうございます」

それは貴族令嬢が平民にかける言葉とは思えないほどの、心の底からの感謝の気持ちだった。

「こんなところにいたのか！」

路地の向こうから声が響き、男性が走ってくる。淡い金髪に緑玉《エメラルド》の瞳の、たいそうな美青年だ。

「お兄様」

「探したぞ、心配をかけるな」

どうやら二人は兄妹らしい。妹が美女なら兄も美青年。遺伝子というものは、この世界でもきちんと仕事をしているようだ。

「ハンカチは完売らしいのですが、この方が譲ってくださったのです」

そう言ってハンカチを見せると、男性は息をのんだ。

「これは……確かに」

二人は顔を見合わせると、真剣な表情でうなずく。

「ありがとう。とても助かった。せめてお代は支払います」

「いえ。高いものではないですし、新品でもありません。役に立つのなら良かったです。気にしないでください。では、私はこれで」

そう言うや否や、エルナは逃げるようにその場を離れる。下手に貴族と関わって、レオンハルトにばれるのは良くない。

順番は大事だ。何せエルナは『ファーデン』にハンカチを納品していることを、まだ伝えていないのだから。

さらば、美男美女の兄妹。婚約の破談を陰ながら祈っています。

田舎で鍛えた脚力に貴族がついてこられるはずもなく、エルナは颯爽とその場から去ることに成功した。

それにしても、最近は美人と関わることが多い気がする。これはやはり乙女ゲームの世界だからなのだろうか。この世界での美人とは、主要登場人物と同義語。ゲームのシナリオがわからない以上、あまり関わらない方がいいだろう。

……もったいないけれど。本当はじっくり観賞したいけれど。

美人に思いを馳せながら邸に到着すると、そのままレオンハルトの部屋に向かう。

在室しているのは、執事見習いのフランツに確認済みだ。もともとハンカチが売れるようになったら報告しようと思っていたが、『ファーデン』に貴族が来ているのを実際に見た以上、早い方がいいだろう。

ノックして部屋に入ると、レオンハルトは机で何やら書類とにらめっこしていた。

「お帰り、エルナ」

「ただいま戻りました、レオン兄様。少しお話ししたいことがあるのですが、よろしいですか」

「うん。俺も聞きたいことがあったから、ちょうどいい」

そう言うとレオンハルトは席を立ち、ソファーに移動した。

二人が座ると同時にフランツが紅茶を持ってきたので、まずはのどを潤す。鼻に抜ける爽やかな香りに癒され、体も温まっていく。

そういえば、この世界に緑茶はないのだろうか。茶の木は存在するはずだから、十分に可能性はあると思うのだが。欲を言えば更にみかんも欲しいし、最終的にはこたつに入りたいけれど、これは日本の記憶の影響が大きいようだ。

「話って、テオのことかい？」

「あ、いいえ。テオ兄様のことは諦めています」

正確には、乙女ゲームの強制力だと思うので諦めた。もちろん釘は刺してほしいが、効果は望み薄である。あとはリリーとグラナートが結ばれるのを待つしかない。

「ええと。刺繍糸を買ったお店が委託販売をしていたので、ハンカチを出していました。どうせ売れないと思ったら、意外と売れまして。ちょっと遅くなりましたが、レオン兄様に報告を」

レオンハルトは黙って聞いているが、こちらを見つめる目が何となく怖い。

「あの、ノイマンの名前は出していません。私個人の名前も出さない方がいいかと思って、違う名前で通しています」

だから家には迷惑をかけていないと思うのだが……駄目だっただろうか。

「うん。知っている」

さらりと放たれた言葉に、エルナは唖然とする。

「そうなのですか？」

「最近だけどね。『グリュック』の清めのハンカチの噂は、エルナが思うよりも広がっている。俺が聞きたかったのはそのことだよ、エルナ」

「家に迷惑をかけてしまったのでしょうか。もうやめた方がいいですか」

ストレス解消で大量生産したものが喜ばれるのも、お小遣いになるのもありがたかったが、家人に迷惑をかけているのなら考え直さなければいけない。

「エルナが名前を伏せていたから、今のところ『グリュック』は謎の平民作家ということになっているよ。このまま続ければ、どこからか素性がばれる可能性はあるけれど」

「謎の平民作家……では、私のお出かけスタイルは間違いなく立派な平民なのですね。自信がつきました」

「その自信はどうかと思うよ」

「家に迷惑が掛かっていないのなら、続けてもいいですか」

「それだけれど。最近刺繍したハンカチはあるかな？」

今回納品したのは、星柄八点。

他にも鳥の刺繍をしたものがひとつあったが、何となく柄を統一して納品したかったので家に残していた。そのハンカチをレオンハルトに渡すと、少し難しい顔をして見ている。

どこか刺繍が変だったのだろうか。

「……前に、領地の祭りでハンカチを売ったよね」

「はい」

「そのハンカチは、持っている？　持っている人がわかれば、それでもいいが」

「手元にはありません。領地の邸なら、お母様の侍女とか数人に渡しているので、持っているかもしれませんね」

そうか、と言ったきりレオンハルトは押し黙った。以前に刺繍したハンカチがどうしたのだろう。上達しているか比べるくらいしか、使い道はなさそうだが。

しばらくの沈黙の後、レオンハルトはフランツとゾフィを呼んだ。

「フランツ。領地に行くから手配をしてくれ。できるだけ早く帰れるように」

「承知いたしました」

フランツはすぐにうなずいて動き出すが、突然の帰宅宣言にエルナは動揺する。

「レオン兄様、領地に帰るのですか？　それなら、私も」

「エルナは学園があるだろう。フランツは残るから心配ない。すぐに戻るよ」

便乗して領地に帰るのはあっさり却下《きゃっか》されてしまった。フランツを残すというのは、男手が減るから心配という意味だろうか。

ノイマン子爵領は王都から決して近くはないので、行き来だけでもそれなりに時間がかかる。王都で忙しく仕事しているレオンハルトが、何故急に帰ると言い出したのかがわからなかった。

「エルナ。刺繍ハンカチは少し控えて作りなさい。店に行く時は、必ずゾフィと一緒に行くこと。いいね」

ハンカチ作りを禁止されないことは嬉しいが、何故同伴者が必要なのかは謎だ。もしかして子供扱いされているのだろうか。

「あの、一人でも大丈夫ですよ?」

「一人で行くのなら、ハンカチを作るのは禁止だよ」

「ええ?」

「それから、俺がいない間は外出を控えて。必要ならゾフィかフランツと一緒に行くこと。いいね?」

確認のように見えて、レオンハルトの言葉は絶対。エルナはただ、うなずくしかなかった。

そうしてレオンハルトが領地へ行き、エルナは約束通り刺繍ハンカチ作りを控える。結果、数日もしないうちにストレスが溜まり始めた。

ハンカチを売らなければいいだけなのかもしれないが、使い道のないものを沢山作るというのは気分が乗らない。仕方がないので、一枚のハンカチにこれでもかと刺繍をし続ける。

糸を刺していない場所はないという密集具合で、ずっしりと重い。日本で言うタオルハンカチかバスマットかという厚みのそれを完成させると、何だかやる気もなくなってしまった。

無理矢理折りたたんで制服のポケットに入れてみたが、少し膨らんでしまい不格好だ。おかげで更に気分が盛り下がり、ため息が止まらない。

刺繍ハンカチ大量生産というストレス解消手段は奪われたのに、ストレスの原因である王子と護衛の愉快な挨拶はなくならない。

端的に言って、ストレスが溜まっていた。

その日は朝に王子と護衛の挨拶を聞き流し、昼にリーダーと女生徒達の嫌味を聞き流し、講義が終わって帰ろうとリリーと別れたところだった。

「エルナさん、ちょっといいですか」

この学園生活で図《はか》らずも聞き慣れてしまったよく通る良い声に、エルナはしぶしぶ振り返る。

予想通り、そこには淡い金髪の美しい少年がいた。珍しいことに、いつもそばにいるテオの姿は見当たらない。

「殿下、何の御用でしょうか」

「話があります。来ていただけますか」

最近はグラナートに『名前を呼んで』と請われることも、ほとんどない。恐らくはリリーとの仲が進展して、エルナがきっかけ作りをしなくても良くなったということなのだろう。そろそろお役御免だと思うのだが、王族の誘いを断る大義名分が存在しない以上は従うしかない。

そのままグラナートについていくと、庭の外れに到着した。ベンチに座るよう勧められ、当たり前のように隣にはグラナートが座る。

ふと以前に『二人きりになりたい』と言われたことを思い出すが、あれは何かの気の迷いか言い間違いだったのだろう。グラナートはリリーと結ばれるのだし、もうあんな要求をしてくることもないはずだ。

どうでもいいが、今日はこのあと『ファーデン』にハンカチの納品が減ることを伝えに行くつもりだ。もちろん、レオンハルトの言いつけを守ってゾフィと一緒である。

時間がもったいないので、さっさと話を終わらせてほしい。

「……今日は、名前を呼んでほしいと言わないのですか？」

理由は未だによくわからないが、グラナートがエルナに構うのは名前を呼ぶという目的があったからだ。さっさと呼んでしまえばいいのだろうかと思ったこともあるが、そうすればもう関わることもない。

望んでいた展開のはずなのに、何だかそれがモヤモヤした。

「今はいいです。あなたと、もっと話をしたいので」

にこりと微笑まれて、図らずもエルナの鼓動が跳ねる。

これは、美少年に対する生理的な反応だ。何も特別な意味などない。そう自分に言い聞かせると、慌てて話題を変える。

「お話というのは、リリーさんのことでしょうか」

「よくわかりますね」

攻略対象が聞きたいと言えば、当然ヒロインのことだろう。どうやら好感度が順調に上がってきているようだ。さっさと本人同士が語り合ってくれれば、エルナの被害は減る。

歓迎すべきことなのに、やはり何故かすっきりしない。

「エルナさんは彼女の魔力について、何か聞いていますか？」

思ったよりも固い質問から入ってきた。さすがはグラナート、実に真面目である。

「魔力ですか？　平民ながら並々ならぬ魔力を持っている、という噂は聞いたことがあります。それ以外はわかりません。本人とも、そんな話をしたことがないので」

ヒロインだから凄い魔力だろうなと思っているが、実際どの程度なのかはわからない。わざわざ確認するまでもないからだ。

「そうですか」

そう言うと、グラナートは何か思案するように黙り込んだ。

……これだけ、なのか。

もっとリリーの好きな花とか、食べ物とかを聞かないのだろうか。よく考えたら知らないので、答えられないけれど。

「巷に清めのハンカチというものがあるらしいのですが、ご存知ですか？」

「うっ、噂は聞いたことがあります」

突然の質問に、つまりながらも何とか返答する。平民が主な顧客の店なのに、まさか王子の耳まで届いているとは。レオンハルトの言う通り、かなり噂が広がっているらしい。

「悪いものから身を守ってくれる、跳ねのけてくれるという話です。もしも、そんな力があるのなら……楽になれるかもしれません」

グラナートは空を見上げながら呟く。さらさらと揺れる金の髪は、光を集めて紡いだかのように輝いて美しい。

「そんな力を持つ人が伴侶《はんりょ》ならば、危険が減ります。……少しは安心できますね」

それは一体、どういう意味だろう。

グラナートはリリーのことを聞いているのだから、リリーの話で間違いないはず。

その上で、悪いものから身を守り跳ねのける力があると楽になれる。伴侶ならば、危険が減って安心できる。

……つまり、凄い魔力持ちのリリーを妻にすれば悪いことも起きないから安心だよね、ということだろうか。

そう考え着いた途端、火がともるように怒りが湧いた。

「そんな理由で手に入れたものに、価値があるとは思えません」

この世界は『虹色パラダイス』という乙女ゲーム。

リリーはヒロインで、グラナートはメイン攻略対象。

だからリリーのことを好きになって当然だし、どんなイベントがあったとしても最終的に二人は結ばれるのだろう。

でも、その理由が『楽だから』というのは何だか許せなかった。

リリーと行動を共にして、情が湧いたというのもある。確かにいずれ伴侶となるわけだが、物のような扱いを受けるのは、納得がいかない。

「楽だからと手に入れて、悪いことが起きなかったらそれでいいのでしょうか。悪いことや嫌なことなんて、生きていれば沢山あります。何の危険もないものなんて存在しません。大切なものなら、自分も守る努力をしたらいかがですか」

そこまで言うと、エルナは柘榴石の瞳をじっと見つめる。

「それに、何故悪いことが前提なのですか。殿下はちょっと変なことも言いますが、律儀で穏やかで真面目な良い人です。もっと自信を持ってください。不幸を避けるのではなくて、幸せになろうとしてください」

そこまで一気に捲《まく》し立てると、エルナは不満を吐き出すように深く息をつく。

少しばかりすっきりしたその次の瞬間、自分の過ちにはっと気が付いた。

——しまった。

一気に後悔が押し寄せ、血の気が引いていく。二人のことに口を出すような立場でも間柄でもない以上、エルナの言動はストレスからの八つ当たりでしかない。

しかも子爵令嬢が王子に説教するなど、場合によってはノイマン子爵家にもお叱りがいく。エルナは冷や汗をかきながらグラナートの様子を恐る恐る窺《うかが》う。

しかし、怒っているかと思いきや、グラナートはぽかんと口を開けてエルナを見つめていた。

「口が過ぎました。申し訳ありませんでした。失礼致します」

先手必勝とばかりに謝罪すると、エルナはその場から逃げるように走り出す。

何故あんなことを言ってしまったのだろう。適当にハイハイと聞き流せば良かったのに。入学してから今まで、そうやって過ごしてきたのに。今になって、何故。

混乱しながらも、答えは簡単に出た。

——端的に言って、ストレスが溜まっていたのだ。

令嬢らしからぬ速度で学園を駆け抜け、門を出る。『ファーデン』に寄るつもりだったのに、もう日が傾き始めた。一度邸に帰ってからでは、暗くなってしまうだろう。

だがグラナートからのお叱りが来る可能性を考えれば、明日外出する余裕はないかもしれない。仕方がないので、そのまま店に向かうことにした。

制服のままではあるが、貴族も立ち寄る店だし、そもそも今まで一人で行っていたのだ。さっと帰れば大丈夫だろう。レオンハルトやゾフィにバレたら、その時は事情を話して謝るしかない。そう決めると、エルナは石畳《いしだたみ》の道を急いだ。

ハンカチを今までのようには納品できないと告げると、『ファーデン』の店員は大層残念がった。それでもエルナのペースで持ってきてくれればいい、と言ってくれたのは嬉しい。邸に帰ったらさっそく刺繍をしよう。久しぶりに意欲が湧いて、何だか楽しくなってくる。

そうして、足取り軽く店を出て路地を抜けようとした時のことだった。

エルナの前に人影が現れ、避けようと端に寄ると人影も同じ動きをする。変だなと思っていると、あっという間に数人の男達に囲まれていた。

「お嬢さん、ちょっと付き合ってくれるかな？」

絶対にろくでもない内容の誘いに、エルナは唇を噛む。

今日は学園の制服を着ている。滅多に平民が入学することはないから、貴族のお嬢様ですと宣言しているようなものだ。いつも大丈夫だったからと甘く見ていた。

実際は貴族令嬢のほとんどは馬車で移動しているので、王都の路地を一人で歩く令嬢などいないに等しい。だが、そんなことはこの男達には関係ないだろう。エルナがちょうどいいカモであることには違いないのだから。

誘拐か、恐喝《きょうかつ》か。売り飛ばされるというのもありがちな展開だが、美しいヒロインならともかくエルナには関係ない。となると、やはり身代金目的だろうか。

どうにか突破したいが、前に二人後ろに一人。剣を使えるわけでもないエルナが太刀打ちできるとも思えない。唯一勝っていそうなのは逃げ足だが、そもそも隙がなければ逃げようがない。悲鳴を上げたところで、こんな路地の奥に誰が来るというのか。

そういえば、日本の本で読んだことがある。

『助けて』だと、巻き込まれるのを嫌がって人は来ない。

『火事だ』と言うと、自分の身に危険が迫るから見に来る、と。

ここはひとつ、火事だと叫ぶべきだろうか。頭がおかしいと思ってくれれば、それはそれで隙ができそうなのでいいかもしれない。

だが、実行する前に男が痺《しび》れを切らして腕を摑んできた。容赦のない力に、思わず小さな悲鳴がこぼれる。

「――エルナさん！」

その瞬間、背後から叫び声と何かがぶつかる音がしたかと思うと、気が付けば男の一人が地面に転がっていた。

「大丈夫ですか！」

そこに立っていたのは、剣を手にした金髪の美少年。

細い路地には似つかわしくない眩い美貌は、他に間違いようがない。薄暗い闇を照らす金と深紅の輝きに、驚きと同時に安心してしまうのは何故だろう。

「で……」

殿下、と言いそうになって慌てて口を閉じる。学園の制服を着た貴族が『殿下』と呼ばれていれば、素性がバレてしまう。何故ここにいるのかはわからないが、王子を危険に晒すようなことは控えなければ。

呼びかけることのできないエルナに気付いたのか、グラナートは苦々しい笑みを浮かべた。

「貴族の坊ちゃんが、何を……」

エルナの腕を掴む男が何か言う前に、背後にいた男の太い悲鳴が辺りに響く。地面に転がる男のそばにいたのは、こちらもエルナが良く知る人物だ。

「ゾフィ?」

「エルナ様、後でたっぷりお話を聞かせていただきます」

何をどうしたのかはわからないが、どうやら素手で男を倒したらしい。ゾフィのいい笑顔に、エルナは怯む。

どうしよう、怖い。いっそ誘拐された方がましかもしれない。

「動くな。こいつがどうなってもいいのか」

悪役のセリフ集があったら絶対に載っていそうな言葉と共に、男はエルナの腕を捻り上げて盾にする。乱暴な扱いのせいで激しい痛みに襲われ、我慢できずにエルナは呻いた。

「――その手を、放せ」

常とは違うグラナートの低い声に、背筋を寒気が撫で上げる。

一瞬で周囲に重苦しい圧がかかり、呼吸がしづらい。その声は迫力だけではなく、もっと別の何かをはらんでいて。陽炎《かげろう》のようなそれが、グラナートを中心に辺りに広がっていく。柘榴石の瞳がきらりと輝き、美しいはずの光を何故か怖いと思った。

何が何だかわからない。

だが、圧倒的な何かがその場を支配し始めた事実だけは、本能で感じ取れる。

それは男も同じだったのだろう。グラナートに怯んだ男の力が少し弱まったその瞬間、エルナは隙をついて腕を振り払う。すると背後から現れた剣が、待っていたとばかりに男を倒した。

「大丈夫か、エルナ」

「テオに……」

兄様、といいかけてやはり慌てて口を閉じる。一応、素性は隠しているはずだ。テオは苦笑いを浮かべると、エルナの頭をポンポンと叩いた。

「あなたも、落ち着いてくださいよ」

テオが声をかけると、グラナートの気配がゆっくりと元に戻っていく。陽炎のようなものがなくなると同時に、周囲を満たす圧迫感が嘘のように消え去った。

「すみません……エルナさん、怪我はありませんか？」

いつもの穏やかな表情で、グラナートがエルナの腕にそっと触れる。

「大丈夫で、いたっ！　いや、平気です！」

グラナートの手から離れようと腕を動かした途端に、痺れるような痛みが走り抜ける。さすがに折れてはいないだろうが、無傷とは言えないようだ。これは服を脱いで見るのが怖い。

「無理はしないでください」

そう言うとグラナートは上着を脱ぎ、エルナの肩を包み込むようにかける。鼻先を良い香りが掠《かす》めたが、これは香水だろうか。

「う、上着が汚れてしまいます！」

「大丈夫ですよ。それよりも、体を冷やしてはいけません」

どちらかといえば上着を脱いだグラナートの方が寒いはずなのに、律儀で真面目な王子様はこんな時でも紳士だ。こうなると、いらないと突き返すのも失礼だろう。

「……ありがとうございます」

「いいえ。もっと早く助けられれば良かったのですが」

悔しそうにそう言うとじっと見つめられ、エルナの鼓動がどきりと跳ねる。

これは美少年が助けてくれたことに対する、ごく一般的で生理的な反応だろう。更に上着を肩に

かけられるという未経験の事態に、心臓も混乱しているらしい。

いつもよりグラナートが格好良く見えるが、恐らくこれが有名な吊り橋効果。

――危なかった、惚れるところだった。

ここは乙女ゲームの世界で、グラナートはメイン攻略対象。麗しのヒーローは可憐なヒロインと幸せになることが決まっているのだから、勘違いで心を無駄遣いしてはいけない。

腕の痛みや恐怖を凌駕《りょうが》する混乱をどうにか収めようと、エルナは深呼吸をした。

「それよりも、何故こんなところにいるのですか？」

話を逸らそうと質問すると、グラナートは困ったように微笑む。

「先程のことをお詫びしようと思ったのですが、あなたを見失いまして。邸に戻ったのだろう、とテオに案内してもらったのですけれど」

「着いたらエルナはいないし。『ファーデン』に行っているかもしれないと言われて」

「エルナ様の悲鳴が聞こえ。見れば男達に囲まれておりました」

「そ、そうでしたか……」

三人に矢継ぎ早に説明されたが、つまりはエルナのせいということだ。

「すみませんでした。私が悪かったです。それから、ありがとうございました」

ぺこりと頭を下げるエルナに、ゾフィとテオドールは呆れた様子でうなずき、グラナートは心底安心したようにため息をついた。

「僕の方こそ、考えなしの情けないことを言ってしまいました。申し訳ありません」

「そんな、で……いえ、あなた様の立場も考えず、こちらこそ失礼を致しました」

不敬の一言でエルナに罰を与えることもできるのに、それはしないらしい。

やはりグラナートは律儀で真面目で穏やかな人柄のようだ。だからこそ、こうしてエルナを助けてくれたのだろう。そして、それ以上の意味などない。

当然のことなのに、何かが心に引っかかった。

「話は終わりだな。エルナはすぐにゾフィと邸に帰るんだ」

「はい。テオ……さんは、どうするのですか？」

「この男達をしかるべきところに移す手配をするよ。その前に、この人を送り届けなければいけない」

そう言うと、グラナートに視線を向けた。確かに、王族がウロウロしているのは危険だろう。

「わかりました。それでは、失礼致します」

礼をしてゾフィに支えられながら歩き出すエルナに、グラナートが慌てた様子で駆け寄る。

「エルナさん。今度、また二人で話をしましょう」

真剣な表情に一瞬びっくりするが、リリーのことだとすぐに思い至った。

きっと好きな食べ物や趣味を聞かれるに違いない。今後のラブラブイベント成功のためにも、それとなくリリーに探りを入れなければ。

「わかりました」

「約束ですよ」

エルナがうなずくと、グラナートは嬉しそうに柘榴石の瞳を細める。リリーのことを知るのがそんなに嬉しいのかと微笑ましい気持ちになった反面、何だか少しつまらないのは気のせいだろうか。

どうやら色々あったせいで疲れているらしい。

エルナは小さく息をつくと、ゾフィと共に家路についた。


「話は後です。とりあえず、怪我の確認をさせていただきます」

ゾフィはノイマン邸に着くなりエルナを自室に連れて行き、流れるような手つきで制服に手をかけた。

普通の貴族なら着替えは使用人が手伝うものだが、エルナはもともと自分のことは自分でできるようにしつけられている。その上、日本の記憶を取り戻してしまったのだ。他人に着替えを手伝われるのは、どうしても違和感と羞恥心《しゅうちしん》を伴う。

「自分で脱げますから」

「駄目です。無理な姿勢で怪我が悪化したらどうなさいます」

聞く耳はもたないとばかりに、あっさり却下された。約束を守らなかった負い目があるエルナは、抵抗を諦めておとなしく従う。腕に負担がかからないように脱がせてくれたのでよくわからなかったが、ゾフィの眉間に皺が寄ったところを見るとやはり無傷とはいかないようだった。

結局、最初に摑まれた左の二の腕には痕《あと》が残り、捻り上げられた右腕は手首が腫《は》れて肩の関節も痛めていた。

「痕はじきに消えるでしょうし、見えないからいいとして。右手が使いづらいのは面倒ですね」

正直な感想を漏らすと、手当てをしながらゾフィがじろりと睨んでくる。

「そういう問題ではありません」

「……はい」

「それで。何故お一人で店に行かれたのですか?」

学園でグラナートに呼び出され、なんだかんだで失礼な物言いをしてしまい。そのやり取りで時間が遅くなったので、一度邸に帰ってしまえば店に行く時間が取れそうになく。グラナートに不敬だとお叱りを受ければ明日以降の外出は厳しそうだが、ハンカチを納品できないと店に伝えたかった。

正直に説明するエルナを、ゾフィは難しい顔で見つめている。

「今まで一人でも何も起こらなかったので、油断していました。すみませんでした」

深く頭を下げると、ゾフィはため息と共に首を振った。

「レオンハルト様からエルナ様の身をお守りするよう仰せつかったのは、私とフランツです。不測の事態であろうと、対応できなかった私にも非があります。こちらこそ、申し訳ありませんでした」

頭を下げるゾフィを見て、今度はエルナが慌てて首を振る。

「ゾフィもフランツも悪くありません。私が言いつけを守らなかったせいですから」

「それも含めて予測し対応するのが、守るということです。かくなる上は、登下校もご一緒させていただきます」

「え？　でも、それではゾフィの仕事ができなくなりますよ」

使用人が少ないこの邸では、掃除一つとってもゾフィの仕事は山積みのはずである。

「ご心配には及びません。この程度の時間調整ができなくて、何が侍女でしょう」

微笑むゾフィの目が、笑っていないのだが。かなり怖いのだが。

「よろしいですね？」

駄目押しの一言に、もうエルナに逆らうという選択肢はなかった。

「よ、よろしくお願いします……」

「ところで、殿下に呼び出されたというのはアイビキですか？」

ゾフィが何気なく聞いてきた言葉の意味が、よくわからない。

「アイビキ？」

脳裏にプラスチックトレイに入った挽肉《ひきにく》が浮かんでくる。もちろん、表示は『牛・豚合い挽き』だ。どうでもいいことだけは簡単に思い出せる自分に感心してしまう。

「殿下に呼び出されたのでしょう?」

嬉しそうなゾフィを見て、ようやく何のことか理解できた。

ゾフィが言っているのは恐らく、逢引《あいび》き。肉ではなくて、男女の逢瀬《おうせ》の話をしているのだろう。

「そ、それは違います。あれは……そう、事情聴取《じじょうちょうしゅ》です」

エルナは慌てて訂正する。いずれリリーとグラナートが結ばれる以上、誤解されるのは大変に困る。二人の関係を邪魔すればどうなるか、考えるだけでも恐ろしい。

「事情聴取?」

「前に言いましたよね。平民だけど優秀な美少女のリリーさん。彼女のことを話していました」

「はあ。それで何故、喧嘩《けんか》に?」

「喧嘩ではありません。何と言ったらいいのか……日頃のストレスで八つ当たりしてしまったので、謝罪しただけです」

言葉にしてみると、なかなか酷い経緯だ。これを許す寛大《かんだい》なグラナートに感謝しきりである。

「それだけなら、その場で話が終わりますよね? 何故、殿下が邸までいらしたのでしょう」

「確かに。謝罪を受け入れましたと言うためだけに来たのですから、本当に律儀な方ですね」

ゾフィの言う通り、グラナートがノイマン邸に来る必要などまったくないはずだ。

「その上、私を探すゾフィに付き合ってくれたわけでしょう? 王子って暇なのでしょうか」

おかげで助かったので感謝しているが、グラナートの行動が少し不思議ではある。

「……殿下と恋仲というわけではないのですか?」

「誰の話ですか?」

「エルナ様です」

「そんなわけがありません。冗談でも怖いことを言わないでください」

心底嫌だという心に反応して眉間に皺が寄るエルナに対して、ゾフィは不思議そうに首を傾げている。

「ですが、また話をしようと声をかけられていましたよね」

「ああ。リリーさんのことを聞きたいのでしょう。殿下も自分で話しかければいいのに。意外と照れ屋さんですね」

毎日の挨拶は欠かさないくせに、もう一歩は踏み出せないのか。挨拶が精一杯のアピールというのは可愛らしい気もするが、さっさとしてもらわないと一向にシナリオが進まない。

大体、エルナには『二人きりになりたい』とか『名前を呼んでほしい』とか言うくせに、今更何に照れるというのだ。本命のヒロイン相手ではないからこそ、気にせず何でも言えるのかもしれないが。それはそれでエルナの身がもたないので、控えていただきたいものである。

「仕方ないから、応援してあげないといけませんね」

『虹色パラダイス』を穏便に終わらせるためにも、グラナートにはリリーとの仲を進展させてもらわなければいけない。

「……殿下がお気の毒になってきました」

明日からの応援作戦を考えるエルナに、ゾフィのため息と呟きは届かなかった。

着替えと手当てを終えると、フランツに報告するためにゾフィと共に部屋を出る。居間《パーラー》ではフランツが紅茶を準備しており、エルナの姿を見つけるとすぐに謝罪をしてきた。だが同時に笑顔で圧もかけてくるあたりは、ゾフィとよく似ている。

ノイマン家の使用人は、優しいけれど厳しい。

今回の件では負い目があるので、おとなしく従うほかなかった。

「よくわかりました。この件はレオンハルト様にもご報告致します」

領地に手紙を書くか、早馬を飛ばすのだろう。できるだけ穏便にしてもらいたいが、フランツは事実を伝えるだけだ。母にまで話が届くと色々と面倒くさいので、レオンハルトの注意だけで済むことを祈るしかない。

「それで、エルナ様。大変不躾《ぶしつけ》とは思いますが、お聞きしたいことがございます」

「はい」

神妙な顔つきになったフランツを見て、エルナに緊張が走る。この様子では、何か重大な話なのだろうか。

「エルナ様と殿下は、どういったご関係なのでしょうか」

「関係って……クラスメイトですね」

またしてもゾフィと似たようなことを言っているが、一体何なのだろう。グラナートとの間に関係性があるのだとすれば、それはリリーとの恋のイベントの橋渡しであり、きっかけ作りであり……要はただのモブキャラで舞台装置だ。

エルナとしては二人の恋の応援団長になったつもりだが、これは『虹色パラダイス』ありきの話なので伝えるわけにはいかない。もっと正確に言えば『虹色パラダイス』のパッケージだけ見た人間とメイン攻略対象だが、そちらはもっと言えない。

まあ、言ったところで理解されないのだろうが。

「……それだけ、ですか」

疑うように目を細めているということは、エルナの説明では不足があるのだろう。

「それ以外なら……リリーさんのことをお伝えする係、ですかねえ」

「リリーさん？」

今度は眉を顰めているが、どうもエルナの説明では上手く伝わらないらしい。こういう時は、似た者同士で情報を共有してもらった方が早いだろう。

「ゾフィ、フランツに説明してあげてください」

「かしこまりました」

これでゾフィとフランツの会話の間、ゆっくりと紅茶を飲むことができる。色々あったので疲れたし、喉も渇いていた。エルナは早速、用意された紅茶を飲もうとティーカップに手を伸ばす。利き手は手首が腫れているので左手を使うが、こちらも動かせば痛みがあるのでちょっとつらかった。

その時、扉の外がにわかに騒がしくなる。

何事だろうと視線を移した瞬間に扉は力強く開かれ、そこにはよく知った顔があった。

「テオ兄様！」

「エルナ、怪我はどうだ？　大丈夫か？」

テオドールはエルナのそばまで来ると、包帯の巻かれた手を見て眉を顰める。それに気が付いたエルナはティーカップを置き、手を動かして見せた。

「大丈夫ですよ。痛みがなければテオ兄様に平手打ちくらいはできたのに、残念です」

「治ったら、好きにするといい」

ということは、どうやら身に覚えはあるらしい。

「それでは、また手を痛めてしまいます。渾身《こんしん》の一発で結構です」

拳をかかげるエルナを見て、テオドールは苦笑する。

エルナ達が帰った後、テオドールはまず警備兵に男達を預けてグラナートを王宮に送った。そして王宮から戻ると男達を護送して近衛兵に引き渡し、急いでノイマン邸に帰ってきたのだという。

「街で起きた問題を、わざわざ近衛兵に？」

テオドールが近衛兵と知り合いなのも驚きだったが、第二王子の護衛をしているのだから当然と言えば当然か。

「ただのならず者なら、問題ないが」

「違うのですか？」

テオドールは質問には答えずに、テーブルに置かれた紅茶を立ったまま一気に飲み干す。

「エルナ。俺がグラナート殿下の護衛に就いた理由を、知っているか？」

「いいえ」

首を振るエルナの隣に腰を下ろすと、テオドールはゆっくりとカップを置いた。

「レオン兄さんが伝えていないのなら詳しくは話せないが……殿下に護衛が必要な理由は教えておこう」

グラナートは、狙われている。

王妃の子である第二王子グラナートと、側妃の子である第一王子スマラクト。この二人の王位継承権をめぐって、水面下で動いている者がいるという。テオドールが護衛に就いたのは一年ほど前からだが、それ以前は命の危険が何度もあったらしい。

しばらくは落ち着いていたのに、また最近きな臭い動きが出てきたところで今回の騒動。何か関わりがあるかもしれないというのだ。

「王都の路地で絡まれただけですよ？　それも、殿下ではなくて私です」

「だが結果的に、殿下はあの場所にいた」

本来ならば、王子であるグラナートが王宮を離れること自体がほとんどないはず。それがエルナを探すために路地に来た上に、一歩間違えば怪我を負っていたかもしれないのだ。

「わ、私のせい、ですか？」

「そうじゃない。だが無関係だとも思えない。これは、俺の単なる勘でしかないが」

勘という言葉に、フランツがぴくりと反応する。

「エルナ様が関わるというのならば、ハンカチのことでしょうか」

何故ここでハンカチが出てくるのかわからない。だがテオドールはフランツに視線をやると、渋い表情になる。

「やはり『グリュック』の清めのハンカチは、エルナが作ったものか？」

「はい」

返事を聞くや否や、テオドールは深い溜息をつく。

「レオン兄さんとは最低限のやり取りだし、ここ数日は自室に戻っていないから手紙を確認できなかった。……失敗したな」

くしゃくしゃと頭をかきながら、悔しさを滲《にじ》ませている。だが、その理由がよくわからない。

「フランツ。レオン兄さんが戻るのは、いつ頃だ」

「昨日、領地を発っている予定です」

それならば、早ければ二日後には王都に到着するだろう。

「エルナ。レオン兄さんが戻るまで、刺繍入りのハンカチは作るな。もちろん外出もなしだ。登下校は必ずゾフィかフランツをつけるように」

先日のレオンハルトの言いつけよりも厳しい内容に、エルナは驚く。

「な、何故ですか？」

ハンカチに刺繍をするのは、そんなに悪いことなのだろうか。だとしても、外出してはいけないというのがわからない。

「説明をしてやりたいが、まだ確認できていないことがある。とにかく、おまえの身を守るためにも、従ってくれ」

説明できないというからには、グラナートの護衛任務に関わることなのかもしれない。テオドールが真剣にエルナを案じているのは伝わってきたので、無下にはできなかった。

「……わかりました」

テオドールはその返答にほっとした表情を浮かべると、ゆっくりと立ち上がる。

「もう行くのですか？」

「殿下のそばに戻らないといけないからな。フランツ、ゾフィ、エルナを頼んだぞ」

「はい、テオドール様」

「承知いたしました」

「……ところで、エルナ。殿下と話はできたか？」

思い出したように、テオドールが足を止める。

何のことだか一瞬わからなかったが、恐らくグラナートに呼び出されてベンチで話したことだろう。そういえば、あの場にはテオドールがいなかった。この言い方からすると、わざとそばを離れていたようだ。

「はい。リリーさんについて、お話しました」

「リリー？」

「リリーさんのような優秀な魔力の方が伴侶なら安心だ、というようなことを仰っていました。リリーさんに失礼な物言いだったので、文句を言ってしまったのですが。殿下が謝罪を受け入れてくださって良かったです」

「はあ？」

「わざわざノイマン邸にまで、それを言いに来たのでしょう？　律儀な方ですね」

「ま、待て」

「はい。何ですか」

何故かテオドールは混乱した様子で、額に手を当てている。

「リリーの魔力の話だろう？」

どうやら話の内容を知っていたようだ。もしかして、テオドールは攻略のお助けキャラなのだろうか。エルナにとっては厄介な動きも、そのせいかもしれない。

「はい。でも、私は噂以上のことは知らなくて。後は清めのハンカチの話をしました。悪いものを跳ねのける力があると安心とか、伴侶なら安心とか、楽とか……なんか、そんな感じのことを」

「それで？」

「リリーさんは確かに優秀な上に美少女なので、気持ちはわかりますけれど。楽だから、とか言う人には預けられません」

そもそもリリーはエルナのものではないが、ここは心意気の問題である。

「ああ……」

「でも殿下はゾフィを手伝ってくれたようですし、助けていただきました。意外と律儀な良い方なので、リリーさんとの仲を取り持ってあげようと思っていたところです」

「……ああ」

何だか凄く疲れた表情のテオドールは、力なくうなずいている。

「あの馬鹿」

「え？」

「いや、何でもない。とにかく、ゾフィかフランツと一緒にいるんだぞ」

「は、はい」

後は頼む、と弱々しく言い残して扉の向こうに消える兄の姿に、エルナは首を傾げる。

「あんなに疲れた様子なのに、大丈夫でしょうか」

「テオドール様は大丈夫ですよ。むしろ、不憫なのは……」

「え？」

意味がわからずフランツを見ると、すっと視線を逸らされた。

「それよりもエルナ様、お食事の支度が出来ていますよ。こちらへどうぞ」

そういえば、夕食の時刻はとうに過ぎている。色々あったせいでお腹も空いた。腹が減っては戦はできぬというし、まずは食事をしてから考えよう。

フランツに促されたエルナは、笑顔のゾフィと共に部屋を出た。

✦第五話✦ 生まれる、違和感

「昨夜、街の男性に囲まれた貴族令嬢というのは、あなた？」

翌日。言いつけ通りゾフィと一緒に登校したエルナを教室で出迎えたのは、女子生徒達を引き連れたリーダー格の少女だった。

確かリーダーになるべくしてなった名前だったはずだが、リーダー感の方が強くて憶えていない。

「現在、皆様に囲まれているのは、私ですが」

リーダーが言っているのはエルナのことなのだろうが、それを認めると芋づる式にグラナート達の存在がばれてしまう。

色々な意味でよろしくないと思うので、ここは適当に濁しておこう。

「誤魔化そうとしても無駄ですわよ。ノイマン家の使用人と一緒にいるのを見た者がいます」

街の路地での出来事なので、誰が見ていたとしてもおかしくはない。だがエルナが囲まれたのを知っているのならば、助けようとしてくれてもいいのに。

やはり人は面倒事に関わらないように距離を置く。有事には『火事だ』と叫ぶのが最適解のようだ。今度また同じ目に遭うことがあったら、その時には全力で叫ぶことにしよう。

それにしても、グラナートの存在に気付いていないのは幸いだが、どうしたものか。

「仮にそれが私だとして、リーダーに何の関係があるのですか？」

「だから、こちらはリーバー伯爵令嬢だと言っていますのに！」

何人かの女子生徒が興奮しているが、リーダーが首を振って制した。さすがはリーダー、実にリーダーっぽい。

「夜に出歩いているばかりか、男性に囲まれるだなんて。貴族令嬢として、恥ずかしいとは思いません？」

「一体、何があったのでしょうね」

「――何もありませんよ」

エルナが返答するよりも早く耳に届いた麗しい声に、その場の全員が引き寄せられるように顔を向ける。ちょうど教室に入ってきたらしい淡い金髪の美少年は、そのままエルナの隣に立った。

「エルナさんには、何も問題など起きていません」

その相貌と美しい声にすべて納得しそうになるのだから、グラナートの威力が恐ろしい。リーダー達も同様らしく、うなずいた後に慌てて首を振っている。

「殿下が女性にお優しいのは存じておりますが、嘘をついてまで庇わなくてもよろしいのですよ」

「そうですわ。夜の街を出歩く方など、殿下の視界に入るのも失礼です」

なかなか酷い言われようだが、この調子でエルナを害獣《がいじゅう》扱いしてくれればグラナートとの接点が減るかもしれない。

いい人だとわかったとはいえ、相手は『虹色パラダイス』のメイン攻略対象で、一国の王子。ゲームの都合で変なイベントに巻き込まれたくはないし、距離を取れるのならばそれが一番安全だ。

少しの期待を込めてエルナが瞳を輝かせると、こちらを見たリーダー達が怪訝《けげん》な表情を浮かべた。

「嘘とは心外ですね。僕も一緒にいたのですが」

「――は⁉」

エルナとリーダー御一行どころか、教室中の人間の声が重なった。

せっかく触れないでおいたのに。何を言うのだ、この王子。

お忍びで出掛けるにしても、夜の街というのはあまり大っぴらに言うものではない。王子を狙う不届き者が出るかもしれないし、印象も良くないだろう。

大体エルナも一緒だなんて、よろしければ誤解してくださいと言わんばかりではないか。

「ば、馬車の修理を待っている間に、少し街の方に話しかけられまして。そこで本当に、たまたま、偶然、うっかりと！　殿下とお会いしたのです！」

偶然。あくまでも出会ったのは偶然なのだと強調する。

街に出ていた事実はグラナートが自分で明かしているのだから、もう隠すのは諦めよう。あとは変な憶測を生まないようにして、さっさとこの話を終わらせなければ。

教室の奥では銅色の髪をきらめかせながら、アデリナがこちらを見ている。ほぼ婚約者という間柄のグラナートが夜にエルナと一緒にいたなんて、不愉快極まりないことだろう。エルナはヒロインではないが、だからこそ邪魔者と判断されたら何が起こるかわからない。

アデリナ自身は姑息《こそく》な手を使いそうにないけれど、取り巻きが空気を読んだら即終了だ。

「そうですわよね、偶然。それしかありえませんわ」

「そうです、偶然です。偶然って怖いですね、リーダー」

「だから、リーバー伯爵令嬢だと言っているでしょう！」

一部どうでもいいことで騒いでいる人もいるが、リーダーと意見は一致した。エルナとグラナートが二人で一緒にいるなんて偶然以外にはありえないし、あってはいけないのだ。

するとグラナートは困ったように笑い、そっとエルナの耳に顔を近付ける。

「……嘘は、いけませんね」

「ひいっ⁉」

想定外の至近距離からの美声に、思わず変な声が漏れる。慌てて耳を押さえると、その腕にグラナートがそっと触れた。

「腕は大丈夫ですか？」

その瞬間、教室にざわめきが広がる。

もちろんグラナートは昨日の怪我を心配しているだけで、何ら他意はない。触れたといっても、制服の生地をかすめる程度だ。

それでも王子という立場の人間が公衆の面前で女性に触れるというのは、かなりの衝撃なのだろう。ダンスの時にはもっと密着するし、手の甲にキスするのもされるのも普通な貴族社会のくせに、細かいことである。

「だ、大丈夫です」

実際のところ痛みはあるが、力を入れなければ耐えられない程ではない。痕が残ったといっても服を着ていれば見えないし、じきに消えるだろう。

振り払ったと思われない程度にゆっくりと腕をおろすと、グラナートも手を引いてくれた。

このまま会話は終了かと思いきや、何故かグラナートが小さく手招きをしている。光り輝く美少年の可愛らしい仕草に、リーダー御一行が一斉に頬を染めて胸を押さえた。

遠くから眺めるぶんには最高なのに、近付くと危険を伴う。綺麗な薔薇には棘がある、というのはグラナートのような存在のことを言うのかもしれない。

何にしてもこれだけの人前で王子が手招きするのを無視して逃げるわけにもいかず、エルナは渋々近付いた。

「僕も嘘をつきましたから、お揃いですね。……王宮の医師に診察させましょうか？」

怪我に関して聞かれると面倒だから、小声で話す。

周囲には人が多いので、近付いて喋る。

声が漏れないように、手でエルナの耳を覆うようにする。

どれも理屈の上では理解できる話だ。だが現実はそう単純なものではない。

吐息と美声がエルナの鼓膜と肩を震わせる。何だかいい香りがしてきたし、心臓が早鐘を打ち始めた。リーダー御一行を含む生徒達の悲鳴にも似た歓声も、混乱に拍車をかけていく。

「け、結構です。元気です！」

「……そうですか」

何故か少し寂しそうに呟くと、グラナートはにこりと微笑む。日の光を紡いだような金の髪に負けない輝く笑顔に、リーダー達が動きを止めて惚《ほう》けていた。

一連の行動は、たぶん天然なのだろう。これを意図してできるようになったら、この王子が史上最強の生物になるのは間違いない。

「何かあれば、言ってくださいね」

グラナートはそう言うと、テオを伴って席に着いた。

嵐をギリギリで生き延びたエルナの肩を、いつの間にか隣に立っていた虹色の髪の美少女が労《ねぎら》うようにそっと叩く。その優しさと麗しさに、動揺していた心が癒されていくのがわかった。

そうだ。あの未来の最強生物には、虹色の髪の美少女という最高のパートナーがいる。非の打ちどころがない上に手の叩きどころしかない美しい二人を、ありがたく拝まなくては。

グラナートは優しいのでエルナの怪我を気にしてくれたようだが、妙に接近してくるのは恐らく王子ゆえに距離感が狂っているのだろう。グラナートにならば接近されたい、むしろ自ら接近するという女性も多いだろうし、あり得る話だ。

決して特別なことではないはずだし、ドキドキするのは驚いたから。

そうに違いない。そうでなければ困る。

講義を受けている間もなかなか収まらない鼓動に、エルナはそっとため息をついた。

「昨夜、男性に囲まれたというのは本当なのでしょう?」

そうして講義を終えて多くの生徒が教室を去った頃、エルナの前にはリーダー御一行が再び立ちはだかっていた。

「……そのお話は、もう終わったのでは?」

「肝心な話をしていませんわ」

毎度毎度、飽きもせずにエルナに話しかけてくるリーダー達だが、どう考えても相手を間違っている。グラナートのお相手はヒロインのリリーであって、囲まれてあれやこれやして負のポイントをためるのもヒロインのはずだ。

だがリリーが先生に呼ばれて教室を出たら話しかけてきたところを見ると、何故か今の狙いはエルナらしい。何も得るものはないのに囲まれるエルナとしては、ただの絡まれ損である。

「そのお話は、聞かないといけませんか?」

何らかの不満があるのだろうが、恐らくエルナが改善したところで新たな文句が出るだけだ。

早期退学を狙っているし、将来的に王都の社交界に出るつもりもないので、ここで貴族令嬢に嫌われたところでたいした問題はない。となれば、話を聞くだけ無駄である。

だがリーダーの方は会話を続けたいらしく、何故か得意気に口を開いた。

「夜の街で男性に囲まれるなんて、貴族令嬢としてあまりにも軽率です。それに……本当に無事だったのでしょうか」

リーダーはそう言うと、にやりという言葉が相応しい笑みを浮かべる。

「貞淑《ていしゅく》は女性の基本ですわよ」

「殿下に話しかけるのならば、そのあたりは最低限のことでしょう？」

何だか楽しそうに顔を見合わせているが、これはつまりエルナが街の男に襲われたのではないかと言いたいらしい。濡れ衣だし、貞淑じゃないと話しかけられないなんて初めて聞いたし、そもそもエルナからグラナートに話しかけたことはない。

だが何を言っても長引くのだろうから、時間の無駄だ。さて、どうしたものだろう。

穏便かつ効果的な言葉を思案し始めたその時、静かだがよく通る声がエルナの耳に届いた。

「――それは、どういう意味ですの？」

銅色の髪を揺らしてアデリナがこちらに近付いてくる。相も変わらず出るところがバッチリ出ている悩殺ボディだが、今は表情が硬いせいできつい印象の方が勝っていた。

リーダー達が待っていましたとばかりに瞳を輝かせているところを見ると、皆まとめてエルナを糾弾する雰囲気だろうか。実に悪役令嬢っぽいが、エルナ相手にそんなイベントを起こしても何にもならない。女子力の無駄遣いなので、せめてリリーがいる時にしてほしい。

「不確かな情報で侮辱することの方が、淑女としてあるまじき行為ではなくて？」

しかし、予想に反してアデリナが鋭い視線を向けたのはリーダー御一行の方だった。加勢してくれると思っていたらしいリーダー達は、明らかに狼狽え始める。

「で、ですが。夜の街で姿を見たという話は本当ですわ」

「先程、殿下がご説明なさっていましたよ。この方と一緒にいたし、問題はないと。それとも……殿下の言葉を、疑うのですか？」

さすがに婚約者同然の公爵令嬢に向かって、王子の発言は間違っているとは言えない。リーダー達は納得していない様子ではあったが、顔を見合わせるとそのままアデリナに礼をして教室を出て行ってしまった。

これは恐らく、エルナを庇ったというよりもグラナートの面子を守ったのだろう。それでも不快な存在であるはずのエルナを大勢で攻撃しないあたりは、とても公平だと思う。『虹色パラダイス』では悪役令嬢的な立場なのだろうけれど、いい人だ。その上美少女なので、応援したくなってしまう。

グラナートはヒロインのリリーに奪われるとしても、アデリナにも幸せになってもらいたいものだ。

「あの、ありがとうございました」

「構いませんわ。それよりも……少し、よろしいかしら」

エルナがうなずくと、アデリナは教室を出て中庭へ向かった。人気《ひとけ》がないのを確認すると、ベンチの前に立つ。近くで見てもけしからんボディだなと思いつつ、エルナもそれに倣《なら》った。

「わたくし、アデリナ・ミーゼスと申します」

唐突な自己紹介に驚くが、確かに今まで名乗っても名乗られてもいない。既に互いの名前は知っているのだろうから省略してもいい気はするけれど、こういう律儀なところはグラナートに少し似ているかもしれない。

「エルナ・ノイマンです」

「存じていますわ。おかけになって」

「はあ。ありがとうございます」

やはり名前は知っていたらしい。自己紹介に一体何の意味があったのかはわからないが、迫力に圧されて腰を下ろす。

教室を離れてわざわざこんなところまで来たからには、人に聞かれたくない話があるのだろう。だが何故かアデリナは急に口ごもってしまい、なかなか本題を切り出さない。

このままでは埒《らち》が明かないし、エルナにも聞きたいことがあった。

「アデリナ様は、殿下の婚約者なのですよね」

「いいえ。正式な婚約者ではありません」

「でも候補の筆頭、でしたか。ほぼ婚約者だと聞いたのですが」

するとアデリナは小さく息をつく。美少女の鋭い眼差しは威力倍増なので、できれば少し微笑んでほしいところだ。まあ、見ている分にはきつめの表情も好みだが。

「幼少期から縁があってお話する機会も多いですし、家柄からそう言われるのはわかります。ですが婚約はしていませんし、今のところその予定もありませんわ」

では、あくまでも一番婚約者に近い高貴な美少女として、リリーの前に立ちはだかるのか。

アデリナの方はグラナートに好意があるとしても、婚約という大義名分がないのは大きいだろう。それに姑息な手段を使う人ではなさそうなので、意外と穏便に話が進むかもしれない。

「それで、私に何の御用でしょうか？」

エルナの問いに一瞬顔をこわばらせたアデリナは、やがて意を決したようにゆっくりと口を開いた。

「……昨夜、ノイマン邸からテオ様が出てきたという噂を聞きました」

誰が見たのかは知らないが、何という噂だ。

確かに事実ではあるけれど、『王子の護衛のテオ・ベルクマン』がノイマン邸から出てくるのは、まずい。

色々、まずい。

「嘘ですわ。実は執事見習いと兄くらいです」

「本当ですの？」

「昨夜、我が家に出入りした男性と言えば、執事見習いと兄くらいです」

嘘は言っていない。

兄がテオその人だが、アデリナは知る由もない。日本の週刊誌《しゅうかんし》と違って写真を撮られたわけではないのだから、これで押し切ろう。

じっとエルナを見ていたアデリナは、やがてほっと息をつくと肩を撫でおろした。

「それなら、よろしいですわ」

安堵の表情を浮かべるアデリナを見て、ふとエルナは違和感に気付く。

グラナートの婚約者候補の悪役令嬢なら、グラナートとリリーに対して嫉妬するはず。

だが、この話の流れで嫉妬している対象は。

「もしかしてテオ……さんが、気になるのですか？」

ぽつりとエルナが呟くと、アデリナの頬が瞬時に朱に染まった。

「き、気になるなんて、そんな。わたくしは……！」

これ以上ないくらいわかりやすく狼狽している。大人っぽい外見に対して、何ともピュアで可愛らしい反応だ。

「これが、ギャップ萌えというやつですか」

「え？」

「いえ、こちらの話です。……アデリナ様は、テオさんに好意を持っているのですね。大丈夫です。私とテオさんの間に、そういう気持ちは一切存在しません」

何せ、実の兄妹なのだ。家族としての親愛の情ならともかく、異性としての好意などあるはずもない。

「ほ、本当ですの？」

真っ赤な顔を両手で覆いながら静かに尋ねてくるアデリナは、ただの恋する乙女だ。悪役令嬢どころか、ヒロインと並んでも遜色《そんしょく》ないほど可愛らしい。エルナは望外《ぼうがい》の眼福に満足してうなずく。

「はい。本当です」

「で、ですが。あなたはテオ様のことを『テオさん』と、親し気に呼んでいるではありませんか。テオ様も『エルナ』と呼んでいますわよね？」

テオとは朝の挨拶くらいしか言葉を交わしていないのだが、よく知っているものだ。もちろん教室は無人ではないので、誰かから話を聞いたのだろう。親し気というからには、相当に捻じ曲がった噂が流れている。実に面倒なことだ。

あるいはテオのことが気になって、チラチラ様子を見ながら聞き耳を立てていたのだとしたら……エルナのときめきが止まらない。

「あれは、何と言いますか。弱みを握られているので従っているだけです。嫌がらせです」

「テオ様はそんなこと、いたしませんわ！」

真っ赤な顔で、それでも必死にテオを擁護する姿がいじらしい。あまりの可愛らしさにエルナは自然と慈愛の笑みを浮かべた。

「本当に、お好きなのですね」

「そっ、そんなこと！」

これだけの美少女で公爵令嬢なのだから、引く手あまただろうに。それでも、男爵家の四男でしかないテオが好きなのだ。

「……いいですね、そういうの」

エルナはたぶん、まだ恋をしたことがない。

こんな風に好きになれる人がいるというのは、素敵なことだなと思う。アデリナを見ているだけでも幸せな気持ちになれるけれど、自分が恋をしたら一体どんな風になるのか少し気になった。

「な、何がですか！」

「純愛を見ると、応援したくなるということです。頑張ってくださいね」

「じゅ、純愛って……！」

もはや耳まで真っ赤だ。アデリナは何かの限界に達したらしく、勢いよくベンチから立ち上がる。

「もう、よろしいですわ！　ごきげんよう！」

そう言って立ち去ろうとしているようだが、まったく速度が出ていない。ぎこちないというか、何というか。先程までのきびきびとして美しい所作とは対照的なその後ろ姿に、知らず顔が綻んだ。

今は無理だけれど、テオドールの正体を言えるようになったらアデリナの恋を応援してあげたいと思う。あの困った兄にはもったいない美少女だが、意外とお似合いかもしれない。

「エルナ様。こんなところでどうしたのですか？」

可愛らしい声と共に、ジョウロを手にした美少女が虹色の髪を揺らしながら駆け寄ってくる。

乙女ゲームで攻略対象が全員ヒロインに夢中な描写を、現実にはあり得ないと思っていた。だがこんなに可憐な美少女がいたら、それはメロメロにもなるのも当然というものだ。

「リリーさんは水やりですか？」

「はい。いつも庭師さんのお手伝いをしているので」

可愛い上に心優しいのだから、本当に素晴らしい。グラナートには頑張ってこの子を幸せにしてもらわないとバチが当たるし、何ならエルナが当ててやりたい。

「殿下も、幸せ者ですねえ」

容姿端麗《ようしたんれい》、魔力もバッチリ、心優しい完璧なヒロインと結ばれるのだ。これを幸せ者と言わずして何が幸せだろう。グラナートもまた眉目秀麗《びもくしゅうれい》で心優しく律儀な王子なので、実にお似合いである。

納得しかなくてうなずくエルナを見て、リリーが不思議そうに首を傾げた。

「殿下が、どうかしましたか？」

「いえ。リリーさんくらい可愛かったら、殿下も放っておかないだろうな、と思いまして」

わざわざエルナに話を聞くのだから、グラナートがリリーに興味なり好意なりを持っているのは明らか。

だが……そういえば、リリーの方はどうなのだろう。

以前に王族のことを色々勉強したと頬を染めて話してくれたので、脈はあると思う。しかし、他の攻略対象のルートに入っている可能性もゼロではないのだ。その時には、グラナートには涙を呑んで諦めてもらうしかない。

リリーとグラナートの仲を取り持とうと思っていたが、下手に手を出してこじれても困る。問題が起こる前に確認をする必要があった。

「リリーさんは殿下のことを、どう思っているのですか？」

ここはひとつ、直球で聞いてみよう。だが恥ずかしがるのかと思いきや、リリーはただ瞬《また》くだけだ。

「殿下ですか？　別に何も」

あっという間にグラナートは玉砕《ぎよくさい》した。文字通り、瞬殺である。

「そ、そうなのですか？　では、他に気になる方がいるとか？」

グラナートではないというのならば、他の攻略対象のルートということになる。人数はおろか顔ぶれもわからないし、エルナの身の安全のためにも相手を知っておきたいところだ。

「いいえ。まったく」

……まさかの展開だ。メイン攻略対象はおろか、まだ誰の好感度も上がっていないらしい。何とふがいない男共だろう。さっさと恋に落ちればいいものを。

するとリリーはジョウロを持ったまま、エルナの隣に腰を下ろした。

「エルナ様。私、将来は官吏《かんり》になりたいのです」

「官吏、ですか」

官吏というと、主に王宮に勤める高位の役人だ。日本で言えば官僚《かんりょう》のようなもので、要はヘルツ王国を実際に動かす役人達の上層部である。だが、決して女性の官吏は多くないはず。ましてリリーのような美少女が目指すというのは、一般的ではない。

「私は平民ですので、すぐには無理だとわかっています。でも学園で特待生になれば隣国に留学して学ぶことができますから、その後に官吏の試験を受けたいと思っているのです」

ふんわりとしたお花畑のように可憐な姿からは想像できない、現実的でしっかりとした目標にエルナは驚く。

「将来、この国で働くのに顔を覚えてもらって損はないので、殿下と関わるのは嫌ではないですけれど。個人的に思うところはありません」

エルナの脳裏に『むしろ、ヒロインに惚れるわ。男前』という言葉がよぎる。色恋に浮かれることなく将来を見据える、しっかりしたいい子ではないか。本当に、男前だ。

「そうなのですね。素晴らしい目標です。私にできることなら手伝いますから、言ってくださいね」

　すると、リリーの表情がぱっと明るくなった。もともと眩い美しさなのに更に輝く笑みを浮かべたら、ただ感謝を込めて目を細めることしかできない。

　いっそのこと、男性モブキャラとしてリリーのファンクラブを作る人生を送りたかった。

「ありがとうございます！　この話をすると、たいてい馬鹿にされるか無理だと一蹴《いっしゅう》されていました。以前にもエルナ様は、私が外交官になれると言ってくださったでしょう？　あれ、すごく嬉しかったんです」

　そう言ってエルナの手を握りかけたリリーは、腕に巻かれている包帯に目を留めた。その可愛らしい眉が、少しばかり顰められる。

「この手は、どうされたのですか？」

「これは……話すと長いのですが」

「わかりました。先に水やり道具を返してきます」

　庭師の私物なので、借りっぱなしにはできないらしい。すぐ戻ります、と言って走って行くリリーの後ろ姿も、もちろん絵になる。

　メイン攻略対象を選ばなくても、色恋などなくても、やはりリリーはヒロインに相応しい女の子だった。

それにしても官吏という夢があったのは驚きだし、グラナートがまったく相手にされていないのも衝撃である。もはや仲を取り持つのは難しいので、ここは失意の王子様をテオに慰めていただくしかない。

「……あれ？」

そこまで考えて、ふと疑問が浮かんできた。

ヒロインのリリーは、メイン攻略対象のグラナートに好意がない。

グラナートの婚約者候補のアデリナは、テオのことが好き。

——これでは『虹色パラダイス』の話が進まないではないか。

グラナートとリリーが恋仲になっても、アデリナに邪魔する理由はない。仮にテオが攻略対象だったとしても、リリーはテオに好意がないので競合しない。他の攻略対象がいるかもしれないが、どちらにしても、リリーもアデリナも興味がなかった。

アデリナが悪役令嬢ではないという可能性もあるにはあるが、他に思い当たるだけの地位や美貌の持ち主はいない。そもそも、邪魔をするはずのリリーの恋自体が存在しないのだ。

色恋なしの、官吏出世ルートでも存在するのだろうか。もしかすると、リリーの言っていた留学先にロマンスがあるのかもしれない。隣国の王子に見初められるというのは、乙女ゲームにありそうな展開だ。

だが、それならこの学園生活は『虹色パラダイス』の舞台ではなくなってしまう。パッケージに描かれた学園は無関係で、ロマンスの舞台は別なんてことがあるのだろうか。

「……考えても仕方ないですね」

とりあえず、厄介なイベントに巻き込まれなければそれでいい。今はこの学園生活を平穏に過ごすことが第一。まずは、リリーに手の怪我を何と説明するべきか考えよう。

馬車の修理を待っている間に男性に絡まれたことにしたが、そこにグラナートが一緒にいると一気に問題が大きくなる。だが怪我を負ってまでエルナが一人で撃退したというのも、信憑性《しんぴょうせい》に欠けるだろう。

どうやって切り抜けたことにするべきか、悩ましい。

「うーん。怪我は転んだせいにすればいいでしょうか。でも話すと長い、と言ってしまいましたし……」

良案を考えながら中庭を見ていると、見知らぬ女生徒がエルナの方へ歩いてくるのが目に入る。

リーダーのお仲間ではなさそうだし、テオとの噂関係で話を聞きに来たのだろうか。それならばアデリナにした説明で大丈夫だろう、とそれほど緊張せずにいた。

だから、彼女が手に隠していた刃物に気付くのが遅れたのだ。

✦閑話✦ リリーの願い

虹色の髪に、紅水晶の瞳。

これだけでも人目を惹く組み合わせだというのに、更に小柄で華奢。自分で言うのもなんだが、顔も悪くないと思う。

リリーは幼い頃から異性から好意を向けられ……いや、正確に言うとつきまとわれてきた。

いわゆる『守ってあげたい』という感情をピンポイントで刺激するらしく、勝手に儚げでか弱いということにされがちだ。おとなしくて控えめだともよく言われる。「それは、あなたに関心がないから話をしていないだけだ」と言っても、まったく伝わらない。

男性というものは脳みその弱点が虹色の髪なのかというくらい、リリーに夢を見ているのだ。夢見がちなのは勝手だが、つきまとわれるこちらはたまったものではない。

男性は無駄な火花を散らしてリリーにいいところを見せようと必死だし、女性は嫉妬で嫌がらせをしてくるか、無関係であろうと離れていく。まともな交友関係を築くこともままならない。

リリーはそういったものを諦め、官吏になりたいという自分の夢を追うことにした。

男性は女の幸せは結婚にあると言ってリリーを諭し、女性は平民では無理だとリリーを嗤《わら》う。

そんな声を振り払うように、魔力を磨いて学園の入学を勝ち取った。

そこで出会ったのが、エルナだ。

リリーを特別視することも排斥することも利用することもなく、ごく普通に接してくれる。

それがどれだけ貴重なことなのか、これまでの人生で身に染みてわかっていた。更にエルナはリリーの夢を聞いても笑わなかったし、それどころか応援してくれたのだ。

少しずつ親しくなるのが嬉しくて、話をするのが楽しくて。こんな風に同年代の女の子と接したことがなかったリリーにとって、エルナが特別な存在になるのにそう時間はかからなかった。


「リリーさんは殿下のことを、どう思っているのですか？」


エルナは時々よくわからないことを言うが、あの言葉もそのひとつだ。

グラナート・ヘルツ第二王子は、どう見てもエルナのことを気にかけている。そもそも最初から『名前を呼んでほしい』とエルナに請うているのだから、わかりやすいと思うのだが。

グラナートは見目麗しいだけでなく、物腰が柔らかく公平な人物だ。王位継承権第二位の王子として特定の人物に偏《かたよ》ることなく接し、皆に平等に優しい。

それなのに、エルナにだけは対応が違う。自ら声をかけ、名前を呼んでほしいと請い、笑みをこぼす。当初は謎の要求と態度に何を企んでいるのだろうと不審に思ったたが、しばらく様子を見ていれば嫌でもわかるというものだ。

グラナート本人もようやく自覚したのか、最近では露骨に表情や態度に出ていたのに。どうやら、エルナはまったく気が付いていないようだ。それどころかリリーのことを好きだと思っているらしいのだから、呆れてしまう。

薄々気が付いていたが、エルナは鈍感だ。特にグラナートからの好意には、殊更《ことさら》鈍感だ。

明らかにエルナを優先する態度や好意しか感じられない接し方に、年頃の女の子相応の反応を見せることもある。それなのに、何故かそれで終わってしまうのだ。嫌っているようには見えないのだが、決して深入りしないようにしているとでもいうべきか。

リリーにはエルナが『グラナートが自分を好きになるはずがない』という、確固たる自信を持っているように見えた。

「絶対に、殿下はエルナ様のことを好きだと思うのですが。……王子と貴族には、色々あるのでしょうか」

エルナの話を聞くためにジョウロを片付けていると、銅色の髪が目に入る。あれはグラナートの婚約者候補筆頭の、アデリナ・ミーゼス公爵令嬢だ。特徴的な髪色と美しい顔立ちは、他と間違いようがない。

走っているにしては遅すぎるが、歩いているとしたら妙な動きのアデリナが気になって、何となく近付いてみる。するとリリーに気が付いたアデリナに、必死の表情で腕を掴まれた。

「あなた、殿下がどこにいるかご存知⁉」

「いいえ。何かあったのですか？」

普段は淑女のお手本という感じで淑やかなアデリナが、こんな風に慌てるのは珍しい。一体どうしたのだろう。

「エルナ・ノイマン子爵令嬢が、攫われましたわ」

その一言に、リリーの背筋をぞわりと寒気が走った。

「女生徒が泣いていたので話を聞きましたの。そうしたら、脅されて誘拐の手伝いをした、と」

「だったら、まずはその子に話を聞くべきでしょう？」

連れ去られた方角とか、脅した相手の人相とか、聞くべきことは山ほどあるはずだ。

「それよりも、殿下にお伝えしなければ。手遅れになる前に」

「……犯人を、知っているのですか」

アデリナは表情を曇らせただけだが、それが何よりの答え。エルナを攫った相手の目星はついていて、この事態を打開するにはグラナートの助けが必要……いや、グラナートでなければ対応できない何かがあるのだ。

貴族の女生徒達は信用ならないが、アデリナは嫌がらせをする人ではないし、こんなことで嘘をつくとは思えない。

これは、緊急事態だ。

「私、殿下を探してきます！」

アデリナの足では、いつになるかわからない。踵《きびす》を返して走りだそうとすると、ちょうど回廊を横切る淡い金髪と紅の髪が目に入った。

「――エルナさんが⁉」

グラナートに事情を伝えると、その顔がさっと青くなる。そうかと思うと、険しい表情であっという間にどこかに向けて走り出してしまった。

いつもの温厚な様子とは、明らかに異なる反応。やはりグラナートにとって、エルナは特別な存在なのだろう。

エルナは頑なで鈍感だが、グラナートは真面目で不器用。

すんなりと想いが伝わるとも思えない上に、身分の問題もある。どうなるのかはわからないが、リリーはエルナの幸せを願うだけだ。

何にしても、まずは救出しなければ話にならない。

すぐに飛び出して行ったということは、グラナートには心当たりがあるのだろう。それが頼もしい反面、嫌な予感もする。眉を顰めるリリーの傍らで、護衛のはずのテオは何故かそのまま動かない。

「テオ様は、殿下を追いかけなくてよろしいのですか？」

「殿下の行き先はわかっている。情報を得てから追いかけても遅くない」

そう言うと、よろよろと近付いてきたアデリナに視線を向ける。たいした距離ではないのにようやく到着したアデリナは、一晩中走ったのかという呼吸の乱れ具合だ。

貴族令嬢なのだから走ること自体稀《まれ》なのだろうと思ったが、よく考えるとエルナはリリーを凌駕する速度で走る。やはり、色々な意味で普通の貴族とは違うようだ。

「アデリナ嬢、詳しく話を聞かせてくれるか」

「テ、テオ様。あの……」

荒い呼吸は走ったせいだろうが、頬がどんどん赤く染まっている。これはもしかして、もしかするのだろうか。美少女に潤んだ瞳で見つめられているのにまったく反応しないテオの姿は、何となくエルナを彷彿《ほうふつ》とさせる。

「……エルナ様。どうか、ご無事で」

リリーの声は、風に乗って儚く散った。

✦第六話✦ 呪いの魔法と清めのハンカチ

「さて。困りましたね」

エルナは手首をさすりながら、近くにあった椅子に腰かけた。

ここがどこなのか、何故ここに連れてこられたのか。何もわからないのだから、本当に困ったものである。

学園の中庭で見知らぬ女生徒に刃物を突き付けられたエルナは、言われるままに一緒に移動した。多少の怪我は覚悟して立ち向かっても良かったのだが、それはやめた。女生徒の手は震えていて、小声でごめんなさい、と呟くのが聞こえたから。

積極的にエルナを害したいという感じではない。となれば、誰かに頼まれたか……様子を見る限り、脅されての行動だろう。そんなに恨まれる覚えはないが、グラナートのこともある。間違った情報で誤解した令嬢の短慮《たんりょ》、という可能性もなくはない。

何にしても学園内ならそう危ないことはないだろうし、原因がわからなければ同じことを繰り返すかもしれない。それは、大変に面倒くさい。だからさっさと終わらせようとしたのだ。

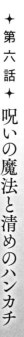

……結論から言えば、その判断は間違いだったわけだが。

どこかの教室か裏庭にでも行くのかと思っていたら、到着したのは学園の裏門。

そこには馬車が停まっていて、見知らぬ女性と男性が立っていた。震える声で「連れてきました」という女生徒にうなずくと、女性はエルナに馬車に乗るよう促す。

逃げることはできなかった。エルナが逃げれば、女生徒は酷い目に遭うと思ったからだ。

もちろんただの勘でしかないが、そう確信するほどには冷たい雰囲気の二人だった。

馬車に乗ると目隠しをされ、両手首を紐のようなもので縛られる。それほどきつくはなかったが、ちょうど怪我をした部分に当たるので結構痛い。

「逃げようとしなければ、手荒なことをするつもりはありません」

女性はそう言ったが、既に十分手荒な歓待《かんたい》を受けている。それにこれが日本のサスペンスドラマなら、女生徒は口封じをされるのが定番だろう。

「あの人を無事に帰してくれるのなら、暴れたりはしません」

女性の表情は見えなかったが、「わかりました」と約束してくれた。どこまで約束が守られるかはわからないけれど、少なくともこの場で女生徒に手をかけることはないはず。あとはどうにかして逃げのびてほしい。

その後は馬車に揺られて移動し、目隠しのまま連れてこられたのがこの部屋だ。

「こちらでお待ちください」

目隠しと手の縄を外すと、女性は部屋から出て行く。腫れた手首を縛られたので、痛くて仕方がない。包帯をとってみると、赤く腫れていた部分に縄の痕がしっかりとついていた。

「まあ、縛られたままじゃないだけよしとしましょう」

部屋を見渡せば、テーブルとソファーに暖炉と窓。調度類《ちょうどるい》は簡素なように見えて上質で、高価なのは間違いない。窓の外を覗いてみるが、木の枝ばかりで場所の特定をできるような手掛かりはなかった。恐らくは三階以上の高さがあるので、ここから飛び降りるのは無謀《むぼう》でしかない。

ふと思いついて、手に持っていた包帯を窓の外に垂らしてみる。見張りがいるなら、不審な行動を咎めに来るかと思ったのだが、何も変化はない。外に見張りはいないか、特に問題のない行動とみなされたのだろう。後者ならば、関係者以外は立ち入れない場所の可能性がある。

「貴族のお邸、ですかね」

グラナートとテオに挨拶されるせいで散々嫌味を言われてきたが、ついに実力行使に踏み切ったのかもしれない。おそらくは貴族であろうあの女生徒を脅せるのなら、何か弱みを握っているか、より上位の貴族の命令と考えるのが自然だ。

「でも、何が目的なのでしょう」

グラナートとテオに近付くなと言いたいのなら、いっそ学園を退学させるように圧力でもかけてくれればいいのに。あるいは怪我の一つでも負わせて、ただ恨みを晴らしたいだけか。

いや、可能性で言えば誘拐という線だってある。貴族の子息令嬢ばかりの学園だから、身代金目的にはちょうどいいはずだ。そうだとすれば、たいしてお金のないノイマン家のエルナを攫ったのは、見る目がない。どうせならアデリナあたりを狙えば、莫大な身代金を払ってくれるだろうに。

ただし公爵家の権力であっという間に捕まりそうなので、そういう意味ではエルナはちょうどいい規模の貴族とも言えるのだが。

「……あれ、誘拐って何か……」


『誘拐とか、ありがちな展開よね』


日本での友人の言葉が、脳裏に蘇る。

「もしかしてこれ、誘拐イベントですか？」

誰だか知らないけれど、間抜けな犯人だ。虹色の髪の美少女と灰色の髪の凡人を、どうやったら間違えるのだろう。

「でも平民の女生徒という指示だとしたら、平民っぽい私を攫うのは仕方ないですよね」

とにかくエルナがヒロインではない以上、ここに攻略対象が助けに来ることはない。自分で何とかしなくては駄目だ。

逃げようとは思うものの窓は高さ的に無理だし、唯一の出入り口の扉には鍵が。

「……かかって、いない」

どういうことだろう。一応、誘拐監禁《かんきん》ではないのか。

罠なのか。罠って何だ。

仮にも誘拐したのなら、ちゃんと戸締まりくらいするべきだと思う。

「これは、うっかりさんということで、いいのでしょうか」

色々考えるのに疲れたエルナは適当な結論を出すと、扉を開けて廊下を進む。

かなり大きな建物だし、天井や壁の装飾も見事で手入れが行き届いている。これは間違いなく貴族、それもかなり上位の家が所有する建物だろう。早く逃げたいのだが、なかなか降りる階段が見つからない。そうしてウロウロしているうちに、使用人とおぼしき服装の女性たちに囲まれてしまった。

「こんなところにいらしたのですね」

「お探ししました」

「こちらです」

何故か丁重に扱われながら案内されたのは、花の彫刻が美しい重厚《じゅうこう》な扉の前だった。

仕方がないと腹をくって中に入ると、そこは先程とは打って変わって豪奢《ごうしゃ》な調度がひしめく室内。促されるままに座った椅子も、細工の細やかさや美しい金箔《きんぱく》、埋め込まれた宝石と、どれも一級品だと一目でわかる。

エルナのおおざっぱな見立てでも、この椅子一脚だけで高級刺繍糸が山のように買えそうだ。

「お待たせいたしました。ビアンカ様のご到着です」

……待っていないし。誰だ、それは。

エルナは脳内でビアンカという名前を必死に探したが、まったく思い当たる節はない。

そこに姿を現したのは、一人の女性。年のころは四十代くらいで、金髪にハシバミ色の瞳が印象的な、美しい貴婦人だ。

華やかな甘い香りが微かに届くのは、香水だろうか。所作や身にまとうドレスから察するに、この女性は相当に身分が高いはず。もちろん、エルナのような田舎貴族令嬢と面識などないはずだ。

「急な案内で驚かれたでしょう？　まずはお茶でもいかが」

優雅に腰掛けると、使用人が淹れた紅茶を口にしている。ドレスの衣擦《きぬず》れの音ひとつとっても隙がなく、上品で美しい。平時ならばじっくりと観賞したい相手だが、今はそんなことをしている場合ではない。

エルナの前に用意された紅茶は香りだけでも品質の良い茶葉だとわかったし、喉も渇いている。それでも、この状況ではさすがに口をつける気になれなかった。

じっと動かずティーカップに触れないエルナを見ていた女性は、困ったように微笑む。

「何も入っていませんから、安心なさって」

「いえ、手を痛めているので結構です」

利き手は手首が腫れているし、左手は二の腕が痛いのでカップを持ちたくない。そもそも『何も入っていない』という言葉を鵜呑《うの》みにはできないだろう。

「ところで、あなたはどなたですか？　私は何故、ここに案内されたのでしょうか」

使用人達が一斉にエルナを睨むような視線を投げつけてきたが、知らないものは仕方がない。女性は気分を害した様子もなく、にこりと微笑んだ。

「わたくしは、ビアンカ・ヘルツと申します」

——ヘルツ。

ヘルツ王国でそれを名乗ることを許されているのは、王族に名を連ねる者だけ。

国王は男性だし、王子二人も同じく。王女にしては年齢が合わないし、王妃は亡くなっている。となれば、該当者は一人しかいない。

「……側妃殿下、ですか？」

鷹揚《おうよう》にうなずく様は、まさに高貴なる貴婦人そのものだ。

「その呼び名はあまり好きではありません。どうぞ、ビアンカとお呼びになって」

そう言われても、初対面の王族に対して名前を呼ぶ者などいない。グラナートといい、この国の王族は『名前を呼んで』というのが好きなのだろうか。正直対応に困るので、少し控えていただきたい。

「失礼ですが、私に何の御用でしょうか」

田舎貴族のエルナは、側妃に会ったことも見たこともないどころか、存在すらリリーに教えてもらったばかりだ。何故ここでビアンカと話をしているのか、わけがわからなかった。

「聖女様、探しましたわ。ようやく会えて、わたくしはとても嬉しいのです」

「はい？」

一体、何を言い出すのだろう。そもそも聖女とは何なのだ。

いや、でも……確かどこかでその名を聞いたことがある。


『聖女ルートなら、魔法が出てくるけど』


脳裏に浮かぶ、日本の友人の言葉。聖女ルートというからには、聖女というものが出てくるのだろう。

そしてそれはヒロイン、つまりリリーに他ならない。

「あの、多分人違いだと思うのですが。聖女とは何ですか？」

恐る恐る指摘してみるが、ビアンカは首を振ると何やらテーブルの上に置いた。

「これを作ったのはあなたでしょう？　エルナ・ノイマン子爵令嬢」

そこにあったのは、星の柄の刺繍が入ったハンカチ。先日お店に収めたばかりの、『グリュック』のハンカチだった。

「確かに、私が作りました。このハンカチに何か問題があったのでしょうか」

何故エルナの素性がバレているのかはわからないが、相手は側妃だ。製作者を聞かれてしまえば、店員に答えないという選択肢はないだろう。こんな方法で呼び出してまでエルナに直接伝えたいことがあるとすれば、不良品に対する苦情だとしか思えない。

「問題なんてありませんわ。清めのハンカチの噂を聞いた時には半信半疑でしたが、実物を見て間違いないとわかりましたから」

楽しそうに喋るビアンカの様子からして、どうやら苦情ではないらしい。そうなると、エルナがここに連れてこられた理由が謎のままだ。

「これだけ見事な物を作れるのは、浄化ができる聖なる魔力を持つ者の証。……あなたが、虹の聖女なのでしょう?」

聖女の上に虹までついて、わけのわからなさが倍増だ。まずは一から説明していただきたいのだが、高貴な立場ゆえに相手に合わせた話し方ができないのかもしれない。このままでは何もわからないまま会話が進んでしまうと危惧したエルナは、とりあえず気になる点を聞いてみることにした。

「虹の聖女というのは何ですか?　ハンカチを作る人のことですか?」

随分と大仰な言葉だが、職人に対する賛辞だろうか。職人というほどの腕前でもないので、やはりエルナには関係ないと思うが。

「あら、とぼけているのかしら。それとも、本当にわかっていないのかしら」

侍女が用意した新しい紅茶の香りが部屋中に広がり、果実のように甘いそれがエルナの鼻をくすぐっていく。ビアンカはカップに口をつけると、これみよがしにため息をついた。

「あなた、魔力には色があると言われているのをご存知？」

「いいえ」

「まだ学園の一年生ですものね」

微笑ましいとばかりにそう言うと、一口飲んだだけの紅茶を下げさせた。

ビアンカによれば、魔力には色があるのだという。

魔法が使える者の中でも、色が見える人はほんの一握りだけ。自分の魔力が何色かを知らない人の方が、圧倒的に多いらしい。

「王族やそれに準じるレベルの魔力を持っていれば、話は別ですが」

知らないことなので聞いていてためにはなるが、恐らくいずれは学園で学ぶ内容だ。わざわざビアンカから説明を聞く意味がわからず、エルナは黙って次の言葉を待つ。

「魔力の質を示す色は普通一色。二色以上は稀な存在です。その中でも七色は聖なる魔力と呼ばれていて、その浄化の力ゆえに聖人聖女として国にとっても重要な存在になります」

こんな話が出てくるということは、これは聖女ルートなのだろうか。リリーと間違われて攫われたはずだが、ハンカチを作ったのは確かにエルナ自身。一体どういうことなのかわからない。

「私には、そんな魔力はありません。人違いだと思います」

「どうやら、本当にわかっていないようですね」

ビアンカは肩をすくめると、使用人が差し出した紅茶に口をつける。一口ごとに新しい紅茶を用意するとは、王族は贅沢な飲み方をするものだと感心してしまう。

どうやら毎回茶葉が違うようだが、香りが重なって何の匂いかよくわからなくなってきた。もったいないとは思うけれど、止めるわけにもいかない。

「わたくしの下で魔力の使い方を学べばよろしいわ。学園も免除《めんじょ》させましょう」

魅惑の言葉にちょっと揺らめいたが、甘い言葉には裏がある。側妃が田舎貴族令嬢に親切にする理由がないし、そもそもビアンカは誘拐に関わっている。決して油断してはいけないのだが、何だか頭がすっきりしない。

「何故ですか？」

「虹の聖女ならば、国の要《かなめ》の一つとなります。保護は当然でしょう。そして、ゆくゆくは第一王子の治世《ちせい》を支えていただきたいの」

国を想う側妃、そして子を思いやる母の言葉、のはずだ。

それなのにこの違和感は何だろう。ゆらゆらと思考が揺れて、まとまらない。

「やはり人違いだと思います。それに王子の治世を支える人材なら、他にもっと素晴らしい方がいるでしょう」

「スマラクトを、支えてはくださらないの？」

首を傾げるビアンカはまるで少女のように愛らしく、同時に何か危ういものを感じる。

「私はまだ学園で学ぶ身です。支えるどころか足手まといになります」

「グラナートにつくつもり？」

「つくも何も……」

先程からどうも話が通じない。何だか少し疲れてしまい、エルナは小さく息をついた。

「何故、ハンカチひとつで聖女などという大事になっているのでしょうか」

巷で気休めとして流行るのならばまだしも。側妃という立場の人間がどうして、清めのハンカチだなんて眉唾の噂を信じてしまったのだろう。

「それは、このハンカチが呪いの魔力を和らげるからです」

「呪い……？」

急に出てきた禍々しい言葉に、エルナはたじろぐ。ビアンカは笑みを湛《たた》えているが、その表情と発言の差を少し怖いと感じた。

「虹の聖女がグラナートにつけば、王位継承権を見直すことになるかもしれません。それは、あってはならないことです」

ビアンカの声から抑揚が消えていき、同時に表情も冷たくなっていく。

「あなたには、スマラクトのものになっていただきます」

そう言うとビアンカは椅子から立ち上がり、妙な動きをし始めた。

……いや。ビアンカではなく、エルナの視界が揺れている。

それに気が付いた時には、バランスを崩してずるりと椅子から滑り落ちていた。

「聖なる魔力で中和されるといけないので、多少の薬も使いましたが。必要なかったかしら」

ビアンカはそう言って懐から小さな袋を取り出すと、テーブルに乗せる。とろけるように甘くて華やかな香りが部屋中に広がると同時に、鈍器で殴られたような強い眠気がエルナを襲った。

「これは……」

確か、ビアンカが部屋に入ってきた時に嗅《か》いだものと同じ匂いだ。

「睡眠薬をお香にしただけですから、心配ありませんわ。気付くかと思ったけれど、案外鈍いものですね」

ビアンカはティーカップに視線を落とすと、にっこりと微笑む。違う種類の紅茶を何度も淹れたのは、その香りでこの甘い匂いを隠すためか。

「おとなしく従ってくだされば、危害は加えません」

――嘘だ。

ここまで既に拉致監禁に脅迫までされていて、何を信じろというのだろう。

とにかく、この匂いは駄目だ。少しでも防がなければ。

エルナは眠気のせいで重くなった腕を動かして、制服のポケットを探る。刺繍のしすぎでタオルハンカチほどの厚みになったそれを引っ張り出すと、口と鼻を覆った。マスク代わりとまではいかなくても、そのまま吸い込むよりはマシだろう。

「あら、今更そんなもので防げると思って？　わたくしのように毎日使っていれば、耐性もできますけれど」

獲物をいたぶる獣のように、楽しそうにビアンカは笑う。

「従う気になってくれました？」

無邪気に微笑む姿は、圧倒的優位から戯れに救いの糸を垂らす子供にしか見えない。次の瞬間にも飽きて糸を投げ捨てるとわかっていて、誰が信じるというのだろう。

「……従うも何も、私は聖女ではありません」

口元を覆っているが眠気は強くなるばかりで、体に力が入らないし、思考がまとまらない。このままでは意識を失うのも時間の問題だ。

「それでは、確認してみましょうか」

ビアンカに指差された瞬間、エルナの横を何かが通り過ぎ、同時に熱い痛みが左頬に走る。恐る恐る触れてみれば、手にべっとりと血が絡みついた。

遅れて、切断された髪の毛がはらはらと幾筋か舞い落ちる。

「……攻撃魔法は防げないのかしら。それとも、不意打ちには対応できないとか？」

これが、魔法か。

本当に魔法はあるのだという呑気な驚きと共に、人をためらいもなく傷つけるビアンカに恐怖を感じる。

「では聖なる魔力でなければ防げない、呪いの魔法にしましょうか。そうしましょう」

妙案が浮かんだとばかりに手を叩いてはしゃぐ姿は無邪気で。まっとうな人間ではありえない発想に本能が警告を発する。

「呪いの魔法って……」

「わたくしは公爵家の出ですし、魔力は十分にあります。呪いの魔法を相手に直接使うのは久しぶりですけれど、あなたは聖女なのですから心配いりませんわ」

今、何と言った。

『相手に直接使うのは久しぶり』ということは、誰かに使ったことがあるということ。何でもないことのように言うその感覚が理解できず、背筋をぞっと寒気が走る。

「わ、私が聖女でない場合は、どうするのですか」

よくわからないが、聖女なら防げるというのなら一般人では防げないということになる。つまり、エルナは完全に無防備な状態のはずだ。

するとビアンカは首を傾げて思案し、すぐに微笑んだ。

「それでは、呪いを受けてしまいますわね。……大丈夫、すぐに楽になりますから」

その笑みは春の陽だまりのように穏やかで、だからこそ恐ろしい。

エルナが聖女でなければ死ぬだろうと、こんなにも美しい笑顔で何の感情もなく告げるのだ。

意味がわからない。話が通じない。

……とにかく、逃げなければ。

這い上がってくる恐怖に耐えて、厚手のハンカチをぎゅっと握りしめる。いつの間にか震えていた膝に力を込めて、ゆっくりと立ち上がった。

「あなた……」

驚くビアンカに渾身の力でティーカップを投げつけると、扉をこじ開けて走り出す。

紅茶がこぼれる音、カップが割れる音、女性の悲鳴。

背後から聞こえる音を振り切るように、エルナは足を動かし続けた。

廊下を曲がり、階段を降りる。ここがどこかはわからないけれど、出口を探さなければ。

『聖女ルートだと、魔法が出てくる』という日本の友人の言葉だったが、これが聖女ルートなのだろうか。魔法が出てくるというのは、攻撃されるという意味なのか。

そもそもヒロインのリリーでもないのに、何故こんなことに巻き込まれているのだろう。

呪いの魔法とはどんなもので、何故ビアンカが使えるのか。直接呪いの魔法を使った相手というのは誰のことか。

とめどなく疑問が湧いてくるけれど、まずは逃げるのが先だ。

火事場の馬鹿力で何とか飛び出してきたものの、睡眠薬の影響で体が重いし視界が揺れてまっすぐに走れない。息苦しさから胸を押さえながら廊下の角を曲がると、何かに思い切りぶつかる。衝撃で傾《かし》いだ体は、伸びてきた腕に支えられて床に倒れずに済んだ。

「――エルナさん⁉」

聞いたことのある声に顔を上げれば、そこには大きく見開かれた柘榴石の瞳があった。

「……殿下？　何故ここに」

エルナを見たグラナートはほっと息をつくが、次の瞬間、その表情が険しくなる。

「怪我を……それに、何か薬を使われましたか」

グラナートはそっとエルナの左頬に触れると、すぐに離して拳を握りしめる。

「睡眠薬だと。いえ、それよりもここはどこですか？　何故、殿下がここに？」

「ここは王宮の一角。ツヴァイ宮です」

どこかの貴族のお邸かと思ったら、まさか王宮だったとは。どうりで豪華だし、やたらと広いわけだ。

「あなたが攫われたとリリーさんが知らせてくれたので、助けに来ました」

リリーを待っている間にいなくなったのだから、エルナを探すのはわかる。だが、わざわざグラナートに知らせた理由が謎だ。そしてたいして時間が経っていないはずなのに、何故この場所がわかったのだろう。

「……心配しました」

苦しそうな表情と吐息は色っぽくて、こんな時だというのに少しドキドキしてしまう。グラナートは自分が絶世の美少年であることを、もう少し自覚した方がいい。

「わざわざ、すみません。でも何故殿下がいらしたのですか？　テオさんは？」

エルナが攫われたといってもグラナートにはまったく関係がないし、むしろ危険な可能性があるなら護衛のテオが関わらせないはずなのに。

「窓から白いものが垂れ下がっていたので確認をしようとしたら、宮の入り口でテオは止められてしまいました。だからこそ、ここにいるのを確信しましたが……少し遅かったようですね。すみません」

なんと、ぶら下げた包帯が意外なところで役に立っていた。何でもやってみるものである。

「いえ、そんな」

ヒロインでもないエルナを探しに来てくれただけで、十分すぎる程ありがたい。律儀で真面目な王子に感謝である。手を小さく振って否定するとグラナートの顔が更に険しくなり、エルナの手をとった。

「これは？」

グラナートが触れた右手首は、赤く腫れた上に縄の痕がくっきりと残っている。

「いえ、ちょっと縛られただけで」

「縛られた。こんなに痕が残るほど？　だいぶ腫れていますね」

「は、腫れたのは昨日からなので、大丈夫です」

何が大丈夫なのか、自分でもよくわからない。とにかくグラナートの機嫌の急降下ぶりが怖いエルナは、慌てて手を引っ込めた。

「それよりも、ここから出たいのですが」

「……こんなところに、いましたの」

「ひっ」

背後から上品な女性の声が聞こえ、エルナは思わず小さな悲鳴を上げる。

グラナートがエルナを庇うように前に立つと、声の主であるビアンカは扇で口元を隠しながら笑った。

「グラナート殿下、お久しぶりね。その方はわたくしの客人です。返してくださる？」

穏やかで上品な微笑みに、エルナはぞっとする。つい先程、死んだとしてもかまわないと告げた相手を客人扱いとは。その心のない言葉が、ただ怖い。

ビアンカは、エルナのことをモノとしか思っていない。自分に利があればそれでよし、そうでなければどうなっても構わないのだ。

「返すも何も。あなたのものではありませんよ、側妃殿下」

ぴくり、とビアンカの顔が少しだけ歪む。

思い返せば使用人達は皆『ビアンカ様』と呼んでいたし、エルナにもそれを求めた。もしかすると、ビアンカは側妃と呼ばれるのが嫌いなのだろうか。

「では、あなたのものだと仰るの？」

「いいえ」

「それならば、わたくしの邪魔はしないでくださる？　男性にはわからない、女性同士の話というものがございましてよ？」

女性同士の話というのは、さっきの睡眠薬を盛って魔法で攻撃をすることだろうか。常識が違いすぎて、恐怖からぎゅっと拳を握りしめる。そういえば左手には厚手のハンカチを持ったままだったが、既にしわくちゃな上に血がついて汚れていた。

ビアンカの言う女性同士の話をすれば、次は命がないかもしれない。

「彼女を使って何をするつもりかは知りません。ですが、いつまでも勝手が許されると思わない方がいいですよ」

「まあ、怖い。そうやって人のものを盗《と》ろうとするところは、母君のローゼ様にそっくりですわ。血は争えませんわね」

ビアンカの顔は微笑んでいるが、ハシバミ色の瞳は笑っていない。

人のものを盗る、というのは何のことだろう。ビアンカの目には明らかに敵意が潜んでいる。グラナートの母であるローゼ王妃に、何を盗られたというのか。

『国王陛下には三人の子供がいます。第一王子スマラクト殿下、第一王女ペルレ殿下、第二王子グラナート殿下。そのうち、グラナート殿下だけが王妃殿下の子供です』

確か、リリーはそう言っていた。王妃と側妃が結婚した時期はエルナにはわからない。だが、少なくとも先に世継ぎの王子を産んだのは側妃なのだ。

それなのに王妃が亡くなってもなお、側妃は側妃のまま。世継ぎを産もうとも、ローゼが亡くなろうとも、ビアンカは王妃にはなれなかった。そのことを恨んでいるからこそ、『側妃』と呼ばれるのを嫌っているのかもしれない。

「自分がかつて王妃候補だったことを、まだ引きずっているのですか」

グラナートの言葉に、ビアンカの顔色がさっと変わる。

「よくもそんなことが言えましたわね。もともと陛下は、公爵家のわたくしと結婚するはずでした。王妃教育も受けておりましたし、魔力も十分でした。それを！」

射殺せそうなほどの強い視線をグラナートに向けて、ビアンカは叫ぶ。

「学園で、ローゼがザフィーア様をたぶらかしたのです。恋の相談に乗ってもらったなどと、卑怯な手を使って……！」

そんなものは逆恨みだし、ありがちな話だ。

だが、それは無関係の人間だからそう思えるのであって、当事者にとっては忘れることのできない衝撃だったのだろう。

「わたくしが側妃などという立場に追いやられたのも、ローゼのせいですわ。先に王子を産んだというのに、どこまでいってもわたくしは二番目。すべて、ローゼが悪いのです」

「……だから、呪いの魔法を使ったのですか」

低く、静かなグラナートの声が響く。

エルナは彼の背後にいるので表情は窺えないが、ピリピリとした緊張が肌を突き刺した。

「あら、ご存知でしたの」

つまらなそうに息をつくと、ビアンカは肩をすくめた。

「ある日、気付きましたのよ。ローゼを包む黒い影は、わたくしの魔力だと。自覚すれば扱うのは難しくありませんでしたわ」

「母が体調を崩し始めたのは、僕を産んでからだと聞いていますが」

「そうですわね。その頃、わたくしの我慢は限界に近付いていましたから、魔力が溢れだしたのでしょう」

こともなげに言っているが、それは嫉妬で魔力が呪いに変化したということだろうか。公爵家の出だと言っていたから、その魔力量は相当なものだったはずだ。

「あなたが大きくなって、王位継承順を考え直すという話が出てきたので、わたくしはローゼに言いました。これ以上、わたくしのものを奪うな、と。それなのに、ローゼはぬけぬけと『何も奪っていない』と言ったのです！」

ビアンカはギリギリと歯噛みすると、手にしていた扇を床に叩きつける。

「だから、魔力をそのままぶつけましたの。……あっけないものでしたわ」

呪いの魔法を直接ぶつけた相手というのは、王妃だったのか。そして恐らく、そのせいで王妃は亡くなっている。

——ああ、だからグラナートは言ったのだ。

『悪いものから守ってくれる、跳ねのけてくれるという話です。もしも、そんな力があるのなら……楽になれるかもしれません』

『そんな力を持つ人が伴侶ならば、危険が減ります。……少しは安心できますね』

あれは、呪いの魔法で母親を亡くしているから。もし伴侶が狙われてもそれを跳ねのけられるのなら、安心できるということか。

また失わずに済むのなら、気持ちが楽になると。

「ローゼは既に衰弱《すいじゃく》していましたから、死んでも誰も疑問には思いませんでした。ようやく、わたくしが王妃になるはずでしたのに。幼い第二王子を守るためにと、そのままになったのです。この屈辱《くつじょく》がわかりますか?」

嫉妬で人を呪い殺《あや》めても、まったく罪の意識など存在しないらしい。ビアンカにとっては自分が絶対の存在で、その望みを阻むものは敵なのだ。

それはとても恐ろしい考えで、同時に悲しく空しい。

「その上、忌々しいローゼの子であるあなたは、わたくしのスマラクトの地位を脅《おびや》かそうとしている。……虹の聖女はわたくしのもの。スマラクトのものですわ」

ゆっくりと優雅に扇を拾ったビアンカは、腕をぴんと伸ばして扇の先をこちらに向ける。

すると、扇の先の何もなかった空間から渦巻く突風が生まれ、グラナートめがけて直進した。

「殿下！」

当たれば、死ぬ。

単純にして強力な現実が体を動かし、思わずグラナートの腕を掴む。すると驚いた顔で振り向いたグラナートは、すぐに優しい笑みを返した。

「大丈夫ですよ」

グラナートはエルナに顔を向けたまま、反対の手をビアンカへと伸ばす。突風が迫った途端、それはあっという間に霧散した。

後に残された行き場のない風が、エルナの灰色の髪を揺らして頬をくすぐる。

「これでも王家直系ですからね。……心配してくれて、ありがとうございます」

「は、はい」

何が行われたのかエルナにはわからなかったが、どうやら問題ないらしい。上位貴族ほど魔力が高いというのは何度か聞いたことがあるけれど、王家となると桁違いのようだった。

「あら、この程度はできますのね。では、これならどうかしら」

ビアンカは手にした扇をくるりと一回転させると、再びグラナートに向けた。

先程と同じように突風が起こるものの、グラナートに触れることなく消え去る。だが風はなくなったのに、ゆらりと濁《にご》った空気のようなものが広がり迫ってきた。

モヤモヤとした何か。

あれは、よくないモノだ。

「殿下」

「下がってください」

グラナートの腕が、エルナとモヤモヤを隔てる。ふわりと包み込むように広がったものが二人に触れようとしたその時、グラナートが何かを掲げた。

その瞬間、すっと霧が晴れたようにモヤモヤは跡形もなく消え去っていく。

事態を飲み込めず目を瞬かせるエルナとは対照的に、ビアンカは憎々し気にグラナートを睨みつけた。

「……やはり、持っていましたのね」

「ええ。僕の大切な人がくれたものです」

二人の視線の先、グラナートの手に握られていたのはハンカチのようだった。

「おかげで助けられました。『グリュック』の……僕の幸運のハンカチです」

大切そうに口づけるハンカチには、虹色の花の刺繍が見える。

あのデザインはリリーにあげたもの。そして『僕の大切な人がくれた』ということは……どうやら、二人の仲はいつの間にか進展していたらしい。

リリーが何とも思っていないと言っていたのは照れ隠しか、あるいは今のところグラナートの方が夢中ということか。巷で清めのハンカチと噂になったらしいから、気休めでもとリリーが渡したのだろう。

こうなるとグラナートにエルナの不在を伝えたのも、納得がいく。リリーは優しいのでエルナを心配して相談し、グラナートは愛しい人の思いに応えてエルナを助けに来てくれたのだ。

恋愛なしでいくのかと思いきや、やはり乙女ゲームのヒロインと色恋は切っても切り離せないようである。

それにしても、二人が幸せになるのは嬉しいはずなのに、何となく寂しいのは気のせいだろうか。

「さすが、清めのハンカチと言われるだけのことはありますわね」

ビアンカの言葉に、エルナは我に返る。

今のモヤモヤが、恐らくは呪いの魔法と呼ばれるもの。一目見ただけでも、触れたら危険だとわかる。あれの直撃を受けたという王妃が命を落としたのも納得だ。

だが、グラナートがハンカチを掲げた理由がわからない。ビアンカと同じく『グリュック』に聖なる魔力があると思っているのだろうか。

「ただの刺繍なのに」

思わずこぼれた疑問に、ビアンカが呆れ顔で笑う。

「それだけの魔力を編み込んでおきながら、気付いていないとは。制御どころか、認知すらできていないようですわね。わたくしがしっかりと教えて差し上げましょう。……その前に」

ビアンカはグラナートを見据えると、扇を開いて振りかざす。

「邪魔者には、消えていただきます！」

扇によって巻き起こされた風が、どす黒い塊となって直進してくる。

呪いの魔法だ。それも、さっきとは比べ物にならない強い力。

まだ近付いてもいないのに、そのおぞましい気配に肌が粟立った。

「エルナさん！」

グラナートはエルナを右腕で抱え込むと、ハンカチを持った左手を前に突き出す。

でも、そのハンカチでは駄目だ。

――足りない。

何故かそう直感すると、エルナは咄嗟に手にしていた厚手のハンカチを迫りくる黒い塊に投げつけた。

真っ赤に燃える炭に水をかけたような音が派手に響くと、黒い塊は弾け飛んで消え去る。

少しの間を置いて床にひらりと落ちたハンカチは、見るも無残に焼け焦げていた。

「……消えた」

ハンカチを投げたのはエルナ自身だが、何故そうしたのか自分でもわからない。

だが実際に呪いの魔法は跡形もなく消えた。

そして、この事態に驚いているのはエルナだけではなかった。

「エルナさん、それは……」

グラナートは驚くエルナの瞳を凝視して、固まっている。

「わ、わたくしの渾身《こんしん》の魔法を、一瞬で……」

わなわなと肩を震わせるビアンカの顔色は、明らかに悪い。渾身というだけあって相当の魔力なり体力なりを消費したようだが、目の光は失われていない。

「かくなる上は……！」

「――そこまでだ」

鋭く切り裂くような声に振り返れば、そこには金髪に緑玉の瞳の美青年が立っていた。

「スマラクト！」

「兄上！」

二人の声から青年が第一王子だとわかるが、彼がビアンカと共犯ならこれは更なるピンチ到来でしかない。

エルナの不安を肯定するように、ビアンカはスマラクトに駆け寄り抱きついた。

「ああ、よく来てくれました。虹の聖女を保護したのですけれど、グラナート殿下が無理矢理連れ去ろうとするのです。あなたからも言ってくださるかしら」

スマラクトとビアンカが共謀していないとしても、これではグラナートが悪いことになってしまう。説明しようと口を開きかけたエルナを、グラナートの手が制した。

「大丈夫です」

穏やかにそう言われれば、黙らざるを得ない。

「いつかは改心してくれるかもしれないと願っていたが、どうやら無駄のようだ」

スマラクトは寂しそうに目を伏せると、ビアンカの腕を振り解いてグラナートに歩み寄ってきた。

「大丈夫か？」

「兄上と姉上がくださったハンカチに助けられました。それに、エルナさんにも」

「それは良かった。ペルレも心配している。後で会いに行ってやれ」

「はい」

兄弟の親し気な様子に、どうやらスマラクトは敵ではないらしいと安心する。だが兄上と姉上がくださったハンカチ、というのはどういうことだろう。

「リリーさんに貰ったのでは……？」

「このハンカチは、僕の兄と姉が自ら王都で手に入れてくれたものです」

兄と姉とは、つまり。

「王子と王女が、王都の『ファーデン』にわざわざ行ったのですか？」

貴族も来店すると言われていたが、まさか王族まで来ていたとは。

「あれ、でも虹色の花のハンカチですよね？」

グラナートが手にしたハンカチを見せてもらうと、確かに虹色の花の刺繍が施されている。でも、初めに作ってリリーに渡したものとは若干色味が違っていた。

「これは確か、貴族の女性に渡したはずの……」

そうだ。道に迷っていた貴族の女性が、『グリュック』の清めのハンカチをどうしても欲しいと言っていたから譲ったのだ。女性は金髪の美女で、迎えに来た兄という男性も金髪の美青年で。

そう、グラナートやスマラクトのような金髪の容姿端麗な……。

凝視するエルナに気付いたスマラクトは「あれ」と声を上げた。

「君は、あの時のハンカチをくれた子じゃないか」

「……ということは、あれは王子殿下と王女殿下ですか!?」

「エルナさん、兄と知り合いだったのですか？」

「そんなことは、どうでもよろしい！」

ビアンカの叫びが、辺りに響き渡る。

「スマラクト。あなたが清めのハンカチを渡したというのですか」

「ペルレがどうしてもグラナートに持っていてほしい、と懇願《こんがん》したので」

「どういうつもりです⁉」

「それは、こちらのセリフだ」

激昂するビアンカに対してスマラクトは静かに、けれど怒気をはらんだ声で答えた。

「グラナートにちょっかいを出していることに、気付いていないと思ったか？　証拠こそ摑めずにいたが、ずっと警戒していたんだ。俺も、父上も」

最後の一言に、ビアンカの血の気がすっと引くのがわかった。

「ザフィーア様が、何故」

「ローゼ様の亡くなり方が病気じゃないのは、明らかだった。王宮にいる王妃に呪いの魔法を使える者なんて、限られてくる。まして、あなたは日頃からローゼ様とグラナートを疎んじていた。疑わない方がおかしい」

「そんな」

「それでも、証拠がなかった。杞憂であってほしいと願っていたが……残念だ」

「わたくしは、ただ」

「父上が待っている。一緒に来てもらおう」

ビアンカは張り詰めた何かが切れたように、その場に崩れ落ちる。

スマラクトの合図でどこからともなく近衛兵と思われる男性が現れると、ビアンカを抱えるようにして連れて行った。

「俺は父上の所へ行ってくる。おまえは残れ、グラナート」

「ですが」

「もう父上と話はついている。あれでも一応、俺の母だ。これ以上見苦しい様を見せたくはない。おまえは、その子の傷の手当でもしてやれ」

二人の話し声が、少しずつ遠くなっていく。

……これで終わったのだろうか。もう、大丈夫なのか。

そう思った途端に急に泥に沈められたように体が重くなり、強い眠気に襲われる。そういえば、ビアンカに睡眠薬を盛られていたのだ。

でも、何故。今まで大丈夫だったのに、急に。

「エルナさん？」

グラナートの慌てた声が聞こえるが、体の力が抜けて立っていられない。

そして返事をする間もなく、エルナの視界は暗転した。

第七話 虹の聖女の真実は

＊＊＊

『入学式での王子との出会い、やっぱり格好いいわ』

『ファンタジーなのに、入学式はあるのね』

『そりゃあ、学園生活の始まりだから。ここで出会っておかないと』

『確かに』

『学園の入り口で絡まれたヒロインと出会うシーン、その絵がまた素敵なの』

『入学前に何で絡まれているの、そのヒロイン。何をしたの？』

『髪の毛が虹色で目立つから。それで、髪色ごときで文句つけるなんて暇ですねって鼻で笑うの』

『……ヒロインだよね？』

『その後に怯んだ女生徒の間から王子が登場して、言うのよ。入学式の会場はどこかな、って！』

『え？　王子が助けてくれるとかじゃなくて？』

『助けないよ。イケメンヘタレ王子だもん』

『いいのそれ？　格好いいの？』

『格好いいよ！　淡い金髪に青玉《サファイア》の瞳が美しくて、さいっこうのヘタレなの！』

『褒めてなくない？』

『誘拐イベントでは、王子の囚われた部屋の扉をヒロインが蹴破《けやぶ》るシーンが印象的でね』

『え？　王子が誘拐されるの？』

『誘拐とか、ありがちな展開よね。まあ、記憶喪失《きおくそうしつ》とか実は高貴な生まれとか言い出さないからそれぐらいはいいか。いや、言い出してもいいけどね。好きだけどね』

『ヒロインが助けるの？　王子を？』

『そう。蹴破られた扉の向こうから剣を肩に担いだ血塗《ちまみ》れのヒロインが現れた絵は、神棚に飾りたい出来栄えだったわ』

『ねえ、その王子に惚れる要素あるの？』

『むしろ、ヒロインに惚れるわ。男前』

『そうよねえ』

『面白そうでしょ？　貸すから一度プレイしてみなよ！』

『……うん。考えとく』

＊＊＊

遠い昔、遠いところで確かに交わした言葉。姿も場所も思い出せないけれど、日本で生きていた記憶。

ああ、確かに一度くらいプレイしてみれば良かったかもしれない。ゆらゆらと水面に揺れるような心地良い感覚の中、ぼんやりとそう思う。

目に映る世界は真っ暗で何も見えないけれど、不思議と恐怖はなかった。

ゆっくりと重たい瞼を開くと、見たことのない天井がある。どうやら寝ていたようだが、ぼうっとして状況を把握できない。

知らない部屋なのはわかるが、一体ここはどこだろう。

「エルナさん！　目が覚めましたか」

声と共に、視界いっぱいに金髪の美少年の顔が映る。

ああ、『虹色パラダイス』のパッケージに描かれた王子みたいだ。イケメンヘタレ王子は、淡い金髪に青玉の瞳が美しいのだったか。

でも、このイケメンの瞳の色は青玉ではない。深い赤の柘榴石だ。

「バグかな」

「エルナさん？　大丈夫ですか？」

「……エルナ」

ぼんやりとその言葉を反芻してみる。

エルナ。

エルナ・ノイマン。

それは、確かに自分の名前だった。

少しずつ霧が晴れるように、記憶と情報が整理されていく。すると目の前にいるこの美少年の名前が、ゆっくりと頭に浮かんできた。

「……グラナート、殿下？」

そうだ、思い出した。

誘拐イベントに巻き込まれた上に聖女に間違われて、ビアンカに呪いの魔法を使われたのだ。

グラナートに助けられたこと、スマラクトが来たこと、その後強烈な眠気に襲われて意識を手放したことは憶えている。

「殿下、ここはどこですか？　私はどれくらい寝ていたのでしょうか」

上半身を起こして周囲を見てみると、簡素だが上質な調度の並ぶ部屋のベッドの上だった。ビアンカと対面した部屋のような豪奢な内装ではないが、ここも王宮なのだろうか。

「……殿下？」

反応がないので見てみると、グラナートは顔を覆うように手を当て俯いている。

「殿下、どうかしましたか？　大丈夫ですか？」

何だか顔が赤い気がするが、熱でもあるのだろうか。

「大丈夫……です。すみません。まさか、ここで名前を呼ばれるとは……いえ、ちょっとびっくりしただけです」

グラナートはそう言うと、顔を覆っていた手を握りしめて、自分の胸をドンドンと叩いた。少し苦しそうだが、何かのどに詰まらせていたのかもしれない。

「ここは王宮の中、アインス宮です。エルナさんは睡眠薬の影響で眠ってしまったので、こちらで休んでもらいました」

「そうですか。お手数をおかけしました」

よくわからないが、ビアンカの宮とは違うところに移動したということだろう。

「こちらこそ、危険な目に遭わせてしまって申し訳ありませんでした」

「殿下が悪いわけではないので、謝らないでください」

そう、誘拐イベントのターゲットを間違えたビアンカ側が悪いのだ。

「……あれ？」

誘拐イベントは、当然ヒロインのリリーが攫われるものだと思っていた。だが、先程思い出した会話では、少し違っていた気がする。

『誘拐イベントでは王子の囚われた部屋の扉をヒロインが蹴破るシーンが印象的でね』

誘拐されるのは王子であって、ヒロインではない。

では、グラナートとエルナを間違えたのか。そんな馬鹿なことは、さすがにないだろう。

そうだとしたら……何かが、おかしい。

『学園の入り口で絡まれたヒロインと出会うシーン、その絵がまた素敵なの』

違う。

入学式の会場でリリーは転びそうになり、エルナが庇ってグラナートを巻き込んだのだ。教室でテオも「どこかで見たと思ったら。入学式で転びかけてエルナに庇われたという子か」と言っていたから、それが初対面のはず。

それとも、護衛のテオが知らない間に出会っていたのだろうか。

『淡い金髪に青玉の瞳が美しくて、さいっこうのヘタレなの！』

グラナートの瞳は柘榴石だ。青玉ではない。

何かがずれている。

思い出せ。

『虹色パラダイス』のパッケージは、白い鐘楼を背景に、金髪の男性が微笑んで手を差し伸べているものだった。淡い金髪と美しい顔立ちは、グラナートそのものと言っていいほど酷似している。

だがパッケージでは目を細めていたので、瞳の色は確認できない。

「……もしかして、違うのでしょうか」

王子はもう一人いる。だが、第一王子スマラクトの瞳は緑玉だった。リリーから聞いた王族情報でも、他に年頃の王子はいなかったはず。

そう、リリーだ。


『蹴破られた扉の向こうから剣を肩に担いだ血塗れのヒロインが現れた絵は、神棚に飾りたい出来栄えだったわ』


中庭の花に水をあげる心優しい美少女が、血塗れで剣を担いで扉を蹴破るだろうか。エルナが知らないだけで剣を使える可能性はあるが、リリーの華奢な体格からして振り回すのは難しいだろう。

考えれば考えるほど、腑に落ちない。

「エルナさん、大丈夫ですか?」

「え？　あ、はい。大丈夫です。すみません」

何だかすっきりしないが、きっとビアンカの魔法や睡眠薬のせいで混乱しているのだろう。

「テオから、事情はすべて聞きました」

「事情ですか？　テオ……さんは、どこに？」

「もう、さん付けで呼ばなくても大丈夫ですよ。ここには僕しかいませんから。テオはノイマン家に連絡を入れてくる、と言っていました」

どうやらテオドールがエルナの兄でノイマン家の人間だ、ということを知ったらしい。だが、そもそもすべてとは何のことを指すのだろう。

「私は、テオ兄様が別人のふりをして殿下の護衛をしている、という事実だけしか知りません」

「そうらしいですね」

グラナートはエルナを労わるように、優しく声をかける。

「テオは、陛下の指示で僕の護衛に就いていていました」

「国王陛下が何故、テオ兄様を」

グラナートに働きを認められたというのが嘘なのはわかっていたけれど、抜擢された理由をエルナは知らなかった。

「虹の聖女の紹介です」

「虹の聖女……？」

それはビアンカが言っていた、聖なる魔力を持つという人のことだろうか。『虹色パラダイス』の聖女ルートのことなのだとしたら、その人は。

「リリーさん、ですか？」

「僕も、同じことを考えました」

苦笑いするグラナートの様子からして、どうやら違うらしいのはわかる。だが、ヒロインであるリリー以外に聖女がいるとは思えないのだが。

「一年ほど前に、陛下に護衛をつけると言われました。それまでもたびたび命を狙われていたのですが、その頃は特に頻度が増していたせいだと思います」

エルナはうなずく。グラナートが狙われているというのは、テオドールからも聞いたので知っていた。

「そこで、テオを紹介されました。テオ・ベルクマンというのが偽名なのはわかっていましたし、テオも陛下もそれを否定しません。素性を隠した者を信用できないし、命を預けるなど論外です。そう言って、申し出を断りました」

グラナートの意見はもっともだと思う。まして誰に命を狙われているのかはっきりしていない状況だったのならば、なおさらだ。

「そこで陛下は言ったのです。『虹の聖女の紹介だから、彼がそばにいれば呪いの魔法から守ってくれる。決しておまえを裏切らない』と」

「虹の聖女は、実在するのですか？」

「魔力の色が七色で、特別な浄化の力を持つと言われています。伝説に近い話としてなら聞いたことがありましたが、僕も半信半疑でした」

王子であるグラナートが把握していないのなら、ありふれた存在ではないようだ。エルナが知らないのも当然である。

「ですが、テオが僕のそばに就《つ》いた日から、明らかに身の危険が減ったのです。最初はテオが勤勉に護衛をしているからだと思っていましたが、どうもそれだけではありませんでした」

「そうですね。テオ兄様に勤勉は似合いません」

きっぱりと言うエルナに、グラナートは苦笑いを浮かべる。

「テオは剣の腕が立つし、あれで機転も利きますよ。そうではなくて、テオがいるだけで悪いものが中和される、とでも言えばいいのでしょうか。僕の周囲の危険は格段に減りました。そこでようやく、虹の聖女が実在するかもしれないと思い始めたのです」

まさかテオドールにそんな力と効果があったとは、驚きだ。護衛を務める理由を聞いた時に『任務内容に関わるから教えられない』とレオンハルトは言っていたけれど、あれはこういう意味だったのか。

「僕が学園に入学する際にも、もちろんテオはついてきました。そわそわしていたので何だろうと思ったのですが、あれはエルナさんが入学するからだったのでしょうね」

「……そうですね。私は事情を知らなかったので、余計なことを言うかもしれないと気が気ではなかったのでしょう」

それなら事前に教えておいてほしいと思わなくもないが、聖女に王子の身の危険など、知らない方が平穏な学園生活を送れるのは間違いない。それにエルナがうっかり情報を漏らす可能性もあるし、巻き込まれないようにと配慮してくれたのだろうから、非難する気にもなれなかった。

「どちらかといえば心配していた、という感じですね。僕のせいもあって、エルナさんは注目されていましたから」

「自覚があるのなら、話しかけなければ良かったのでは」

思わず本音がこぼれて慌てて口を手で覆うと、グラナートが堪えきれないとばかりに笑う。いつでも穏やかな笑みを湛えた美少年だが、こんな風に無邪気に笑うのは珍しい。

「その通りですね。でも、それができなかったのです。僕はどうしても、エルナさんと話をしたかった」

「そんなに名前を呼んでほしいものなのですか？　……今、呼びましょうか？」

初対面の時からずっと請われていたが、未だにその理由が理解できない。だがそこまで望んでいるのならば、助けてくれたお礼に名前を呼んでもいい気がする。今なら他に人もいないので、問題にもならないはずだ。

「いえ、十分に効きましたし、よくわかりました。とりあえず、今はやめておきます」

エルナの方はさっぱりわからないままだが、呼ばなくてもいいのならば追及はしないでおこう。

「名前の件はともかく、それ以外でも殿下は話しかけてきましたよね。あれは何だったのですか？」

こうなったら失礼ついでとばかりに疑問をぶつけると、グラナートは困ったように微笑んだ。

「リリーさんの虹色の髪は珍しいですし、他とは違う魔力も感じていました。その頃、清めのハンカチの噂を知り、『グリュック』が平民と聞いたので、リリーさんが『グリュック』で、虹の聖女とも関わりがあるのではと思ったのです」

なるほど。リリーが虹の聖女と関わりがあるか見極めるため、話しかけていたのか。実際はゲームの強制力の影響を受けているのだろうが、グラナートにはグラナートなりの理由があったということだ。

「ちょうど、兄と姉が清めのハンカチを僕にくれたのもその頃です。ハンカチから清浄な魔力が滲み出ていたので、清めというのは本物だとわかりました」

「滲んでいる……それは、見えるものなのですか？」

「これでも王家の直系なので、多少の心得はありますから」

そう言われてみれば、街でハンカチを渡した時に王子と王女はハンカチを見て何かに納得していた。あれはグラナート同様、魔力が見えていたのだろう。

「ハンカチから滲む魔力は、普通のものとはまったく異なります。それを微かに感じ取れたので、

『グリュック』とはリリーさんのことなのだろうと判断しました。テオに聞いても、答えてはもらえませんでしたが」

なるほど。それでリリーの魔力について情報を得るために、エルナが呼び出されたわけだ。

「ちなみにテオは、エルナさんのことを遠い親戚と言っていました。でもノイマン邸の場所を知っている上に、騒動の後に僕のそばを離れてまで様子を見に行くものですから。二人は恋仲なのか、と思っていたのですよ？」

「確かにあの後、ノイマン邸からテオ兄様が出てくるのを見たと他の人にも言われましたね。まったく。うっかりしているのですよ、テオ兄様は」

不満げな顔のエルナを見て、グラナートは苦笑する。

「エルナさんが襲われたのは、清めのハンカチの店のそばでした。『グリュック』の手掛かりをあちらも調べているのがわかりましたから、翌朝すぐに、リリーさんに聞いてみたのです」

ということは、エルナがリリーに会う前に二人は話をしていたのか。

ヒロインと攻略対象が朝から二人で会話となれば、好感度アップは間違いない。きっとハートやキラキラのエフェクトが乱れ打ちだったのだろう。実際には見えないけれど。

そんなラブラブイベントをこなしておきながら、グラナートについて聞いた答えが『別に何も』とは。照れているのかもしれないが、何も隠さなくてもいいのに。

「リリーさんは魔力に恵まれていて、既に多少の魔法が使えるそうです」

さすがはヒロイン、納得の高スペックである。聖女であるはずのリリーならば、魔法を使えても驚きはしない。

「話をしているうちにわかったのですが、僕が感じ取っていた魔力はリリーさん自身のものではありませんでした。彼女の持つハンカチこそが、清浄な魔力の源だったのです」

グラナートはいったん言葉を止めると、柘榴石の瞳でじっとエルナを見つめる。

「……あなたが、『グリュック』だったのですね」

もう隠すことでもないので、素直にうなずく。

「確かにそうですけれど。でも、私は本当にただ刺繡をしていただけで……もしかして、お店にその魔力を持つ方がいたのでしょうか？」

こうなると、それくらいしか考えられない。エルナが持っていない魔力がハンカチから滲むというのならば、他の人から移ったと考えるのが妥当だろう。

だが、グラナートは首を横に振った。

「それだと、エルナさんの私物のハンカチが呪いの魔法を退けた理由の説明がつきません」

確かにそうだ。あの時投げつけたのは刺繡しすぎて分厚くなったハンカチで、お店には出していない。

「……あれ？」

だが聖なる魔力を持つという聖女はヒロイン、つまりリリーだ。これは間違いないのだが、どうも辻褄《つじつま》が合わない気がする。

睡眠薬の影響だろうか。何だか混乱して考えがまとまらない。

「僕は、エルナさんが虹の聖女なのか、とテオに聞きました」

「ええっ？」

「違うと言われました」

「ですよね！」

ただでさえ混乱しているのだから、変なことを言ってびっくりさせないでほしい。

「虹の聖女は、テオの母親だそうです」

「そうですか。テオ兄様の……って、うちの母ですか⁉」

虹の聖女というのは、『虹色パラダイス』のヒロインのことではないのか。

リリーはどうした。グラナートと母では、年の差不倫《ふりん》ロマンスになってしまう。そんな泥沼な乙女ゲームは、ちょっとプレイしたくない。

「かつて陛下と同級生だったよしみで、僕の身を守る術を相談したそうです。そこで聖なる魔力を継いでいるテオを、護衛につけてくれました」

「魔力は遺伝するのですか？　というか、本当に母が虹の聖女なのですか？」

「必ずしも遺伝するわけではありませんが、テオには受け継がれたようですね。黒曜石の瞳は母親譲りだと言っていました」

確かにレオンハルトは父譲りの瑠璃、エルナは水宝玉の瞳なので、母の瞳の色を受け継いでいるのはテオドールだけだ。逆に母の焦げ茶色の髪をレオンハルトが、父の黒髪をテオドールが継いでいる。

エルナはどちらも誰の色にも似ていないので、小さい頃は少し寂しかったものだ。

「でもレオン兄様……長兄も母と同じ髪の色なのですが」

「魔力は瞳の色に一番現れると言われていますから、その分だけテオが受け継いでいるのでしょう」

「そうですか。……いえ、その前に。本当に、母が虹の聖女なのですか？」

聖女がいないのなら、リリーが聖女ルートを選ばなかったということだろうから、理解できる。

だが聖女がいて、それがリリーではない、というのは意味がわからない。

「僕は実際に会ったことがありませんので、陛下の話しか知りませんが。学園時代から美しい黒曜石の瞳と虹色の髪の、優秀な女性だったと聞いています。陛下が誘拐された時にも救出に来てくれて。何でも、その時に聖女としての魔力に目覚めたそうです。極秘事項として扱われたために、知っているのはわずかな人間だけだそうですが」

「……え？」

今、グラナートは何と言った？

「母の髪の色は、焦げ茶色ですが」

「ああ。魔力が多いと髪の色が変化する人もいる、と聞いたことがあります。虹の聖女ですから、そういうことがあっても不思議ではありませんね」

恐る恐るエルナが問うと、グラナートは平然と答えた。確かにこの世界の髪色はかなり自由だし、虹色の髪が存在するくらいなのだから色の変化くらい許容範囲内だろう。

でも……まさか。

知らず拳を握り締めながら、エルナは口を開く。

「国王陛下の髪と瞳の色は、何色でしょうか」

「淡い金髪で、兄よりは僕の方に近い色ですね。瞳の色は青玉です」

――やはり、そうか。

エルナの心に寒気にも焦燥にも似た感情が駆け巡る。早まる鼓動を落ち着けようと、胸のあたりでぎゅっと拳を握り締めた。

『虹色パラダイス』について、エルナが知っていることは少ない。

パッケージから、白い鐘楼のある学園が舞台と思われること。

ヒロインは虹色の髪で、男前。

メイン攻略対象は淡い金髪と青玉の瞳を持つ、イケメンヘタレ王子。

二人は入学式の日に学園の入口で出会う。王子が誘拐されてヒロインが助ける。聖女ルートがある。

……これだけだ。

リリーは虹色の髪という部分以外は、当てはまらない。グラナートは淡い金髪で王子だが、それ以外は当てはまらない。

対して母は、学園時代は虹色の髪。国王は当時王子で、淡い金髪に青玉の瞳。子供であるグラナートとスマラクトから察するに、美少年だったことは間違いない。

そして誘拐された王子を母は助け出していて、聖なる魔力に目覚めているという。

つまり。

――母こそが、『虹色パラダイス』のヒロインなのだ。

エルナは体中の力が抜けて、ベッドに倒れこんだ。

「エルナさん⁉　大丈夫ですか⁉」

返事する気力も奪われ、ただうなずくことしかできない。

どうりで違和感があるはずだ。

転生したらしいと気付いて、ここが『虹色パラダイス』の世界だと知ってから、何の疑いもなくリリーがヒロインなのだと思っていた。

虹色の髪で魔力も優秀な平民の美少女という素晴らしいスペックは、ヒロインに間違いないと。

入学式に思い出したから、そこからスタートするゲームと同じ時間軸だと勝手に思い込んでいたのだ。

グラナートの好感度がなかなか上がらなかったのも、悪役令嬢がほぼ存在しないのも全部、当然のこと。

母の――『虹色パラダイス』の物語は、もう終わっているのだから。

つまりリリーとグラナートに関わらないように気を使っていたエルナの行動は、まったくの無意味だったということになる。

「私、なんて無駄な努力をしていたのでしょう……」

脱力感から思わずそう呟くと、グラナートがエルナの手をそっと握った。

「僕は、エルナさんに助けられました。あなたは、何も無駄なことなんてしていません」

「いえ、そういう意味では……」

不甲斐《ふがい》ない自分を責めているとでも思われたらしい。ある意味ではその通りだが。

「恐らくエルナさんも、虹の聖女の魔力を受け継いでいるのでしょう。僕はこの『グリュック』のハンカチを手に入れた時に、あなたの瞳を思い浮かべました。水宝玉を思わせる、透き通った魔力だったから」

グラナートはエルナの手を握ったまま、話し続ける。慰めてくれるのはありがたいが、後半は誉めすぎだ。王子というものは、誰にでもこういうことを言っているのだろうか。

あるいは、乙女ゲームのキャラクターの息子だからこうなってしまうのかもしれない。勘違いされかねないからやめておいた方がいい、と心配になる。もはや弟を見守る姉の心境だ。

脱力感と疲労も相まって、何だか眠くなってきた。

だが、グラナートは真剣な眼差しでエルナを見つめている。

「いつまでも、そばで美しい虹を見ていたい。他の誰にも渡したくない。……僕と、婚約していただけませんか？」

ゆらゆら揺れる意識の中、グラナートの言葉の意味を考える。

なるほど、虹の聖女の娘を国として保護したいということか。王子という立場だからわからないでもないが、そのためにエルナに婚約者という肩書きをつけるのはいかがなものかと思う。

「やめましょう……無理です」

エルナの呟きに、グラナートが固まる。善意を蹴られたのだから仕方ないかもしれないが、こちらだって女性達の嫉妬が怖いし、面倒くさい。

あと、眠い。

「国として珍しい魔力を保護したい、というのはわかります。ですが、私は魔力の使い方もわかっていませんし……何より、殿下の妃になる方に申し訳ないです」

グラナートは以前、優秀な魔力を持つリリーが伴侶なら安心というようなことを言っていた。ここが『虹色パラダイス』のシナリオから外れた場所だとしても、グラナートがリリーに好意を持っているのは明らか。

名ばかりとはいえ自分以外に婚約者として扱われる人間がいるなんて、未来の妃に失礼ではないか。

それから、眠い。

「――僕は」

「何だか、疲れました……」

入学式の日からずっと気を付けて関わらないようにと頑張っていたのが、まるっきり無駄だったというのはショックが大きい。色々考えたせいなのか、まだ睡眠薬が効いているせいなのかはわからないが、どっと疲労感が襲ってきて体が重くなる。

泥のような眠気に抗えなくなったエルナは、そのままもう一度意識を手放した。

✦エピローグ✦

目を開けると、そこには見慣れた黒曜石の瞳があった。

「起きたか、エルナ。具合はどうだ？」

「何だか、ボーっとします」

ゆっくりと上半身を起こすと、テオドールが水の入ったコップを渡してくる。

「側妃殿下に睡眠薬を盛られた上に、魔力を使ったからだろう。少し休むしかないよ」

兄の言葉にうなずくと、コップに口をつける。少し熱めの湯冷ましがおいしかった。

「テオ兄様、私は魔力を使ったのでしょうか？」

「俺は見ていないから、はっきりとは言えないけれど。呪いの魔法を打ち消したのなら、使ったんだろうな」

「ハンカチを投げつけただけですが」

「それは聞いた」

テオドールは笑うと、空になったコップを受け取る。

「まあ、レオン兄さんが王都に戻る前に解決して良かったよ。エルナが攫われたと聞いたら、間違いなく剣を手に取る。場合によっては王宮に血の雨が降るところだった」

「レオン兄様は、剣が使えたのですか？」

テオドールは騎士になるべく王都にいるのだし、実際に剣を使うところも見ている。だが、穏やかな長兄はいつも邸で書類仕事をするか社交でいないことが多いし、そういうものとは無縁なのかと思っていた。

すると、テオドールは諦めとも嘲笑ともつかない笑みを浮かべた。

「使えるも何も。剣豪《けんごう》と言って差し支えない腕前だよ。……少なくとも、俺は絶対に勝てない」

「レオン兄様が、ですか？」

テオドールの腕前の程を、エルナは知らない。だが曲がりなりにも騎士志望で王子の護衛に就くのだから、並以上の腕はあるはず。それを超えるというのは、どういうことなのだろう。

「その代わり、レオン兄さんは魔力をほとんど持たない。そこは父さんに似たんだな。だからエルナのハンカチに宿るのが聖なる魔力かどうかを判断するために、領地に戻って母さんに見てもらう必要があったんだ。俺も、そういう感知とか探索みたいなものは不得手だからな」

『蹴破られた扉の向こうから剣を肩に担いだ血塗れのヒロインが……』という言葉が脳裏に浮かぶ。

レオンハルトの魔力が父に似ているというのなら、剣の腕は……。

「まさか、お母様は剣を使えるのですか？」

「使えるどころか……あの人が本気を出せば、王都は灰になる。母さんは魔力の方も桁違いだからな」

『虹色パラダイス』のヒロインは一体どれだけ物騒なのだ。確かに聖なる魔力に凄腕の剣、ついでにヒロイン補正もあるのなら、もはや無敵。もう、ヒロインというより魔王か何かに思えてきた。

普通の肝っ玉母さんだと思っていたのに、どうなっているのだ。

「エルナは魔物の討伐に行ったことがないから、知らなかっただろう。母さんはエルナの前では淑女の手本を見せるとか何とか言って、おとなしくしていたからな」

少なくとも淑女ではなかったような気がするが、実際はそれどころではないらしい。

「では魔法が使えるから、テオ兄様が護衛をしていたのですか？　でも、殿下も使えますよね？」

「呪いの魔法はちょっと特殊なんだ。普通の攻撃魔法なら、殿下に危害を加えるのは難しい。そもそも王族の魔力量は多い上に、殿下はその中でもずば抜けているからな」

「そうなのですか」

王家直系ならこれくらいできるというような言い回しをしていたが、どうやらあれは謙遜らしい。

「呪いの魔法を消す……浄化できるのは、聖なる魔力だけだ。エルナは恐らく、そのハンカチに魔力を込めたんだろう。投げつけた時にも魔力を追加しているみたいだしな」

あのハンカチは諸々のストレス解消のために、タオルハンカチレベルまで分厚く刺繍されていた。刺繍に魔力が込められているのだとしたら、相当なものだろう。

「でも魔力を込めた覚えなんてありませんし、よくわからないのですが。……追加って何ですか？」

さすがにあの場面で、糸を刺したりしていないのだが。

首を傾げるエルナを見て、テオドールは微笑む。

「まずは、経緯を説明するよ」

そう言うと、テオドールはベッドの横に椅子を持ってきて腰を下ろした。

「母さんは虹の聖女だ。証明しろと言われると今は難しいが、これは揺るぎない事実」

エルナがうなずくのを見て、テオドールが続ける。

「国王陛下がグラナート殿下を呪いの魔法から守るために、虹の聖女である母さんに助力を請うたのが一年ほど前。そこで俺が護衛に就くことになった。母さんの瞳を継いでいるからだ」

今のところグラナートに聞いていた内容と同じなので、すんなりと理解できる。

「魔力は瞳に現れやすい。……エルナ、俺の瞳は何色に見える？」

言われるまま、見慣れた瞳をじっと見つめる。

「綺麗な黒曜石の黒です」

「半分、正解」

「半分、ですか？」

確かに瞳は黒いのに、どういう意味だろう。

「普段は確かに黒だ。だが聖なる魔力を使うと、更に虹色の光が入る」

「虹色の光？」

「そう、俺と母さんの瞳は黒蛋白石《ブラックオパール》だ。そしてエルナ、おまえの瞳は水宝玉じゃない。たぶん――水の蛋白石《ウォーターオパール》だ」

「……はい？」

何を言っているのかわからず、思わず妙な声が漏れた。

「殿下の話を聞いて俺も知ったばかりだが、間違いないだろう」

「どういうことですか？」

「ハンカチを投げつけたという直後に、殿下はおまえの瞳を見ている。透き通った水色に虹色の光が煌めいていたと言っていた。聖なる魔力を使った証だ」

「そんな。私、知りません！」

予想外の言葉に混乱するエルナに、テオドールは苦笑する。

「自分では見えないから、わからないのも無理はない。だが、殿下の証言と呪いの魔法を消した事実がある。おまえも母さんの瞳と魔力を継いでいるんだよ。……そうとわかっていれば、エルナにも詳しい事情を話しておいたんだが。殿下が瞳に輝く虹の光を見るまで誰も気付かなかった上に、知れば危険が増すと母さん達に口止めされていたから」

事情云々はレオンハルトと話した時点で納得していたし、特に気にならない。そんなことよりも、エルナが聖なる魔力を持っているということが信じられなかった。

「だって、そんな魔力は今までなかったのに」

「確かにこんなにはっきりと現れたのは最近だが、領地でも少しは兆候《ちょうこう》があった。幸運のハンカチもそうだ。今まで、何だか悪いものが避けていくことがなかったか？」

悪いものが避けると聞いて、エルナは学園で女生徒達にされていた嫌がらせっぽいものを思い出す。何故バケツに水を入れて運んでいるのかと思ってはいたが、もしかしてあれは。

気になって経緯を説明すると、テオドールは苦笑した。

「それは、おまえに水をかけるために運んでいたんだろうな」

「じゃあ、教科書の並びが変わっていたのも、突然目の前で転んだのも」

「エルナに嫌がらせをしようとして、聖なる魔力で中和されたんだろう」

何で中途半端なことをするのかと思っていたが、どうやら本来はきちんと乙女ゲーム的嫌がらせを企てていたようだ。

思い返せばビアンカに攫われて閉じ込められた時も、扉の鍵が開いていた。どんなうっかりだと思っていたが、あれも聖なる魔力の効果なのかもしれない。

「リリーは、わかっていたみたいだぞ」

「え？」

「エルナが攫われたと伝えに来た時に、魔力が狙われているのかもしれないと言っていた。殿下はすぐに飛び出して行ったから、聞いていないけどな」

いや、護衛なのだからそこはグラナートを追いかけるべきではないのか。

「エルナに初めて会った時から、珍しい魔力があることに気付いていたらしい。気になってハンカチをもらったら、浄化の力があったって。平民の自分といると嫌がらせを受けるかと心配したけれど、悪意が中和されていくから安心していたそうだ」

「そんな力があったのなら、襲われたり攫われることもないのでは？」

「それは悪意と浄化のバランス次第だ。本気でエルナに怪我を負わせようという気概が、学園に通う令嬢達には足りなかったんだろう」

流血沙汰も辞さない覚悟の令嬢がいなかったことに感謝、ということか。

「母さんはエルナを産むまで、虹色の髪だった。おまえの瞳には、母さんが失った魔力も閉じ込められている。……たぶん、俺よりも強く聖なる魔力を継いでいると思う」

そんな馬鹿なと言いかけて、先程のグラナートの言葉がよみがえる。

美しい虹を見ていたいと、確かそう言っていた。何のことかわからず聞き流していたが、虹というのは瞳のこと。つまり、聖なる魔力のことだったのか。

「あの言葉は、やはり聖なる魔力を保護しておきたいということなのですね」

自分に聖なる魔力があるというのはにわかには信じられないが、テオドールが嘘をついているとは思えない。となるとグラナートは貴重な魔力保持者を手元に置きたいから、婚約なんて言い出したのだろう。

「保護？」

テオドールは水を飲みながら首を傾げると、エルナの空のコップにも水を注いだ。

「殿下が虹を見ていたいと。他の誰にも渡したくないから、婚約してほしいって」

言い終わる前に、テオドールが盛大に水を噴き出した。

「やだ。汚いです、テオ兄様」

「悪い。急だったから」

袖口で乱暴に口を拭ったテオドールは、手にしていた水差しをテーブルに置く。水を飲むかと視線で問われたので、首を振って断った。

「それで、何て返事をしたんだ」

「無理です、とお断りしました。国として保護しておきたいというのはわかりますが、殿下の妃になる方に申し訳ないですから」

「……おまえ、そう言ったのか？」

「はい」

「殿下は何と？」

「その後、眠くなってしまったので。よく憶えていません」

テオドールは額に手を当てて首を振ると、勢いよく椅子から立ち上がった。

「殿下を呼んでくる」

「どうしたのですか？　もしかして、殿下の命に逆らったから不敬罪になります？」

「何でそうなるんだ」

テオドールは深くため息をつくと、エルナの肩に手を置く。

「言葉が伝わっていないどころか、こじれているのはわかった。いいから、殿下とちゃんと話せ」

「……はあ」

テオドールはあっという間に部屋から出て行ってしまい、エルナはぽつんと取り残される。

「ちゃんと、って……何を話すのでしょうか」

ベッドに倒れこんで考えてみるが、このままではまた眠ってしまう。ここは気分転換でもした方がいいだろう。エルナは立ち上がり、ゆっくりと伸びをした。

風にあたりたくてバルコニーに出ると、灰色の髪をかき上げる。頬をくすぐる風は気持ちがいいし、王都に来た頃に比べるとだいぶ暖かくなってきた。

「そろそろ、夏休みですね」

日本と同じく、学園には夏休みがある。

早く落第すれば一年生の夏休みで学園が終わると聞いたが、エルナはどうなるのだろう。自覚して使えないとはいえ、聖なる魔力があるとなれば進級することになるのかもしれない。

「早く、領地に帰れるといいのですが」

「――エルナさん、起きて大丈夫ですか？」

しみじみと故郷を想っていると、グラナートが駆け寄ってくる。金の髪を揺らして心配そうにこちらを窺う様は、ただの眼福でしかない。本当に何度見ても非の打ちどころのない、整った容姿だ。

「はい、殿下。ようやく目が覚めました。ご迷惑をおかけしました」

「少し話をしたいのですが。とりあえず、中に入りましょう。暖かくなったとはいえ、風にあたりすぎるのは体に良くないですから」

グラナートに手を引かれ、室内に戻る。

一国の王子たるもの、女性にスマートに触れて当然なのかもしれないが、これも乙女ゲームの世界ゆえの一種の呪いなのかもしれない。何をしても格好良い。……羨ましいようで恐ろしい話だ。

促されるままソファーに腰をおろすと、グラナートは何故かエルナの隣に座った。

「……名前を」

「はい？」

横に座っているので、話をするには自然と体と顔をグラナートの方へ向けることになる。意外と近いことに驚くが、グラナートに他意はないのだから気にする方が失礼だ。

「僕が名前を呼んでほしいと言ったのを、憶えていますか？」

学園でのことなら、もちろん憶えている。死刑宣告に等しいので回避していたが、それでも女生徒達に絡まれたのだ。あの時は『虹色パラダイス』の王子に関わりたくなくて避けていたが、よく考えるとおかしい。

「一体、何故あんなことを言ったのですか？」

名前を呼んだ女生徒が不敬だと叱られたと言っていたから、悪質な罠なのかと思っていた。だがグラナートは話をしてみると律儀だし、真面目だし、優しい。そんな質の悪い遊びをするようには思えなかった。

「テオが遠い親戚だと言っていたので、もしかしたらあなたも虹の聖女の関係者なのかと思ったのです。だから、確認をしたくて」

何でも、グラナートは名前を呼ばれれば大体の魔力の質がわかるのだという。

魔力確認の講義では二人一組で特別な魔鉱石を使って名前を呼ぶことで、魔力の強弱や系統がわかると言っていた。それがグラナートは魔鉱石なしでも大丈夫というのだから、さすがは王族といったところか。

テオドールが王族の中でもグラナートはずば抜けていると言っていたから、それも関係するのかもしれない。

「でもエルナさんは殿下としか呼んでくれないので、いつまで経ってもよくわからないままでした」

「そうだったのですか。でも、人前で王子の名前を呼ぶのは、ちょっと」

「それについては、申し訳ないことをしました。ですが、今となってはあの時にエルナさんが僕の名前を呼ばなくて良かったと思っています」

「はあ、そうですか」

言葉の真意は謎だが、悪意がないのならそれでいい。

「……わかっていませんよね」

「すみません」

とりあえず謝るエルナに、グラナートは苦笑する。

「初めてエルナさんの瞳を見た時、とても不思議な気持ちになりました。今までに感じたことのない魔力の気配と抗い難い何かが心を惹きつけ、目を離すことができなかったのです」

グラナートとの初対面と言えば、入学式での押し倒し事件だ。

何故かあの姿勢のままじっと動かなかったグラナートだが、恐らく聖なる魔力の欠片でも感じ取っていたのだろう。物腰柔らかで律儀な真面目王子が何故あの時だけは押し倒した姿勢のまま動かなかったのか謎だったけれど、理由がわかって少しすっきりした。

「最初は虹の聖女の関係者なのか確認をしたくて、名前を呼んでもらおうと意地になっていました。でも次第に、エルナさんと話がしたいと思ったのです。二人きりになりたいし、触れたいと。魔力を確かめるという口実がなくなったら関わることもないと気付くと、名前を呼んでもらえなくてもいいと思うようになりました。……本末転倒ですね」

自嘲の笑みを浮かべるグラナートは妙な色気を放っていて、見ているこちらがドキドキしてしまう。

ありがとう、美少年。生きているだけで眼福です。

心の中で感謝の祈りを捧げ終えたエルナは、そこでようやく言動のおかしさに気付く。

話がしたい。

二人きりになりたい。

触れたい。

関われなくなるのなら本来の目的を果たせなくてもいい。

……言葉だけを並べたら、まるでエルナに好意を持っているように聞こえるではないか。

もちろん違うとわかっているが、この調子で世の女性達と会話をしているのだとしたら、グラナートに熱狂的な支持者がいるのも当然だ。ただでさえ容姿で男女問わず心を鷲掴《わしづか》みにしているのだから、言動まで色っぽいのは反則だと思う。

「凝り固まった価値観を破壊された時は、衝撃でした。僕はずっと平穏無事に生きることしか考えていなくて、同時に生きることに意味を感じていなかった。生きていいのだと、幸せになっていいのだと言われて……何かから解き放たれたように、心が軽くなったのです」

価値観の破壊とやらは、恐らくエルナのストレスからの発言を言っているのだろう。不敬だと罰されないのはありがたいが、何だか少し大げさな気がする。

そして、だんだんグラナートが近付いてきているのは気のせいだろうか。もう少しで手が触れそうだし、何だかいい香りがして落ち着かない。

「攫われたと聞いた時は、血の気が引く思いでした。王宮でエルナさんの姿を見つけて、心から安心しました。……それでも、僕はまだわかっていなかった」

グラナートはそう言うと、そっとエルナの手に自身のそれを重ねた。先程も手をつないだが、あれは紳士としてのエスコート。だが、これはその範疇に入らない。

鼓動が早まるが、きっと王子的なスキンシップなのだろうから、気にしてはいけないはずだ。

「エルナさんの声で名前を呼ばれて、ようやく気が付きました」

そう言うと、グラナートはじっとエルナを見つめた。『グラナートの赤』の異名を持つ三十九番の刺繍糸を思い出すが、実物は糸を凌駕する輝きを放っている。

柘榴石の瞳は複雑な赤がきらめいて美しく、目を離すことができない。

「――あなたが、好きです」

「え？」

突然の言葉に、エルナは言葉を失って固まる。

「目を覚ましたあなたが僕の名前を呼んだ瞬間、胸が張り裂けそうで、苦しくて。でも、それが嬉しくて。好きだという感情が、僕の中に染み込んでいくようでした」

グラナートは呆然とするエルナの手を、そっと包みこむように握る。既にドキドキしていたのに、何を追い打ちをかけてくれるのだ、この王子。

「ちょ、ちょっと待ってください。す、好きって。リリーさんは？」

『虹色パラダイス』のヒロインではなかったけれど、二人はいい感じだったはず。

「リリーさんは僕自身よりも先に、僕の気持ちに気付いていたと思います。話をした時に『大切なエルナ様を守ってください』と言われました。あれは僕にとって大切な人、という意味だったようですね」

「だ、だってアデリナ様が婚約者候補だって……」

「アデリナ・ミーゼス公爵令嬢は顔見知りですが、彼女には思う人がいます。ご存知なのでは？」

「それは……」

確かにアデリナはテオが気になっている様子だったが、何故グラナートが知っているのだ。

「私が虹の聖女の娘で聖なる魔力を持っているみたいだからといって、何もそんな形で保護しなくてもいいでしょう。将来の殿下のお妃様に失礼だと思います」

「それなら心配いりません。僕が妃にと望むのは、あなただけですから」

「妃って……！」

エルナは混乱した。ヒロインでもないエルナに何を言い出すのだろう、この王子。

……いや、『虹色パラダイス』は母の物語なのだから、グラナートは関係ない。

ここにヒロインはいないし、攻略対象の王子もいない。

そこでようやく、いつの間にか自分が『虹色パラダイス』ありきで物事を考えていたことに気付く。リリーとグラナートは結ばれるのだという大前提があって、二人を見ていた。何を言っても、何をしても、それはゲームのシナリオなのだろうと。

だが、違った。

ゲームは既に終わっていて、グラナートは自分自身の意思で言葉を紡いでいるのだ。

そう気付いた瞬間、エルナの中で彼の言った言葉がどんどん膨らんでいく。これまではゲームのキャラクターとして見ていたグラナートを、初めて一人の、生身の人間として認識したのだ。

この世界は、ゲームではない。『虹色パラダイス』の世界だとしても、その中の人々はちゃんと生きている。

そんな当たり前のことに、今になってようやく気付く。

でも、そうだとしたら。

……グラナートは今、何と言った？

エルナの頬が急速に赤らむ。体中の血液が一気に暴れまわり、全身が熱湯に浸されたかのように熱い。

「それに、聖なる魔力が無いならその方がいいです。虹の光が浮かんだあなたの瞳は、とても美しい。誰にも見せたくありません」

赤くなった顔を隠したくて手を振りほどこうとするが、グラナートは離してくれない。でも触れられるのは嫌ではなくて、自分でも何が何だかわからなくなる。

「聖なる魔力なんてなくても、僕にとってはあなたが虹の聖女です」

グラナートの顔との距離は、拳三つほどしか離れていない。そういえば初対面の時にもこれくらい近かったが、あの時はこんなに体が熱くなかったし胸も苦しくなかった。

「ま、待って」

とにかく、距離を取ってほしい。吐息がかかるほどの至近距離は、どう考えてもおかしい。目の前に太陽すら霞む美貌があるのだから、動揺するのは普通のはず。離れれば万事解決する。

だから手で押しのければいいのに、震えて力が入らない。

「ずっと僕のそばにいてほしい。あなたの瞳を見ていたい。あなたを誰にも渡したくない」

これではまるで、告白ではないか。エルナはヒロインではないのに。

いや、ゲームは終わっているのだからもう関係ない。つまり、これは紛れもなく愛の告白なのだ。

でも、だって――何故⁉

理解が追い付かず、どうしようもなく胸が苦しくなって、ただ首を振る。グラナートを拒否したいのではない。混乱して、どうしたらいいのかわからないのだ。

するとグラナートは『虹色パラダイス』のパッケージに描かれた王子のように、目を細めて極上の笑顔を浮かべた。

「――あなたが、好きです」

もう一度、真正面から告げられた言葉に、今度こそ逃げることができない。

夏を告げる暖かい風が窓から吹き込む部屋で、二人の視線は絡み合った糸のように解けることはなかった。

✦番外編✦ グラナートの幸せ

「無理です……か」

グラナートは眠りに落ちてしまったエルナに毛布を掛け、深いため息と共に部屋を出る。

すぐ近くの自室に戻ると、ソファーにばたりと倒れ込んだ。

「無理です、かぁ……」

簡潔な拒絶《きょぜつ》の言葉に、それ以上何も言えない。肺の中の空気をすべて絞り出すようなため息をつくと、そのままゆっくりと目を閉じる。

エルナに初めて会ったのは、入学式のことだ。

目を引く虹色の髪の少女が視界に入り、その子を庇う形で転びそうになった少女に手を伸ばした。

何がどうなったのか押し倒すような形になってしまい、慌てて体を起こそうとした時——その瞳に、目を奪われたのだ。

淡い、水のように澄んだ瞳は水宝玉のように美しい。

容姿が取り立てて優れているわけでもないのに、どうしても目が離せなかった。

「あなたの声で――僕の名前を、呼んでほしい」


結果、体を起こすよりも先に口から出た言葉が……これだ。

色々理由も事情もあったとはいえ、今考えるとなかなかとんでもない台詞《せりふ》である。

テオドールに注意されたが、それも当然だ。グラナートは王位継承権を持つ王子であり、未婚で婚約者もいない。一人の貴族令嬢に名を呼ぶことを請うなど、軽率にしていいことではなかった。

それでも虹の聖女の手掛かりだと思うと諦められずエルナに話しかけていたのだが、だんだんと自分でも矛盾に気が付き始める。

エルナからは初対面の時点で不思議な魔力を感じたし、テオの遠縁だと聞いた。だから虹の聖女の関係者なのかどうか、魔力を確認するために名前を呼んでほしい。

……これが、グラナートの行動の理由だった。

だが可能性で言うのなら、リリーの方がもっと疑わしい。

平民でありながら学園に入るだけの魔力と優秀さに加えて、豊富で特殊な魔力の象徴とも言える虹色の髪。虹の聖女の関係者でもおかしくないし、確認するというのならばリリーにこそ、まずは名前を呼んでもらうべきだ。

そうは思うのに、何故か気が進まない。

結局はエルナに声をかけ、断られ、その繰り返しが嫌ではなかった。

一言命じればいいのに、嫌われるのが嫌でそれができず。かといって諦めて離れることもできない。

王子であるグラナートに媚びないところ、令嬢達に囲まれてもまっすぐに前を見る強い眼差し。控えめな容姿でありながら、心を惹きつけてやまない何か。

エルナと話をしたいし、二人きりになりたいし、触れたいと思うようになっていた。

関わる目的が魔力の確認ではなくなっていると薄々気が付き始めた頃、異母姉《あね》のペルレが一枚のハンカチを渡してくれた。清めのハンカチというそれは、悪いものを遠ざけると巷で噂になっているのだという。ペルレが渡すだけあって確かに清浄な魔力が滲んでおり、それはリリーから感じ取れるものとよく似ていた。

だが、念願の虹の聖女の手掛かりかもしれないのに、何故かグラナートの心は晴れなかった。

これでリリーが関係者だとわかれば、エルナに話しかける理由は消える。ずっと望んでいたことなのに、それよりもエルナとの接点がなくなるという事実の方がグラナートの心を占めていた。リリーに直接話を聞けばいいのにエルナに声をかけたのも、そのせいだ。

だがそこで少し弱音を吐いたグラナートに、エルナの言葉が突き刺さった。

『大切なものなら、自分も守る努力をしたらいかがですか』

『不幸を避けるのではなくて、幸せになろうとしてください』

殺されそうになるから必死に生きようとして、嫌なものを避けるようにして。それでいて生きる目的がわからずにいたグラナートにとっては、まさに青天の霹靂《へきれき》。

頑張れ。

幸せになれ。

そんな単純な言葉に、母が死んで以来ずっと淀んでいた心の闇が吹き飛ばされた気がした。

生きていい。

幸せになっていい。

それならば、一緒に生きるのは――エルナがいい。

少しずつ形になり始めたその気持ちは、エルナを傷つける者への怒りで自覚できるほどに膨らんでいく。その場にエルナがいて、テオが止めてくれなかったら、グラナートはその魔力をもって周囲を焼き尽くしたかもしれない。

自分の中のエルナへの気持ちがはっきりし始めると、今度は同時に不安も生まれた。

グラナートは未婚の王子なので、身分の問題もあってエルナに近付けば迷惑をかける。それに命を狙われている以上、そばにいれば危険な目に遭わせかねないだろう。エルナの身を思うのなら、すぐに距離を取るべきだし、関わらない方がいい。

わかっているのにどうしても踏ん切りがつかない。そんな中、エルナが誘拐されたという知らせが届いたのだ。

『大切なものなら、自分も守る努力をしたらいかがですか』

その言葉に支えられて、ビアンカと対峙《たいじ》した。

亡き母に対する暴言、恨み……それらすべて飲み込んで、ただエルナを守りたいと思ったのに、当のエルナが聖なる魔力で呪いの魔法を打ち払ってしまった。

まさかエルナが虹の聖女の娘だとは思わなかったが、既にグラナートにとっては些事《さじ》にすぎない。

『不幸を避けるのではなくて、幸せになろうとしてください』

もうひとつの、エルナの言葉。

失いたくないし、誰にも渡したくない。名前を呼ばれてどうしようもないほど愛しい気持ちが溢れ、伝えずにはいられなかった。

そうして好意を告げた結果が――「無理です」だ。

「……幸せになろうとは、しましたよ」

ただ、それはグラナートにとっての幸せであって、エルナにとっては違うというだけだ。人生で初めて好意を持った相手に告白したのだが、これが世にいう玉砕か。

王子として命じれば婚約できるのかもしれないが、それではエルナはもちろん、グラナートも幸せにはなれない。

「幸せって、何でしょうね……」

「……大丈夫ですか、殿下」

目を開ければ、グラナートが横たわるソファーの傍らにテオが立っている。いや、テオドールと言うべきか。

失恋した相手の兄にこんな姿を見られるのは恥ずかしい気もするが、今はそれよりも消沈《しょうちん》していた。

兄であるテオドールは、これからも一生エルナの姿を見られるし言葉を交わせる。そう思うと何だか羨ましいし悔しくて、視線を逸らした。

「大丈夫ですよ。ちょっと振られただけです」

「全然、大丈夫に見えませんよ」

「それはそうでしょう。大丈夫ではありませんから」

「矛盾していませんか」

「……少しは落ち込む時間をください」

やるべきことは山積みだ。

ビアンカの罪がどう裁《さば》かれるのか確認しなければいけないし、スマラクトと父とも話をしなければ。そうだ、ペルレに顔を見せるというのもあった。それに今日の公務のすべてを放置しているため、仕事も溜まっている。わかってはいるが、今は体が重くて動けそうになかった。

再び目を閉じると、テオドールのため息が耳に届く。

「エルナはたぶん、勘違いしています」

「何が、ですか」

その名前を聞くだけでも心が痛いが、無視できずに問い返す。

「殿下は聖なる魔力を手元に置きたいから……エルナを利用したいから、婚約を申し込みましたか?」

「——それは違います!」

勢いよく飛び起きると、テオドールは困ったように笑っている。

「エルナは、そう思っています。自分に好意があるなんて、これっぽっちも思っていません。……いいですか? 嫌いだから振ったわけではなくて、気が付いていないんです」

そんな馬鹿なと思いながら、エルナに告げた言葉を思い返す。

『いつまでも、そばで美しい水宝玉と虹を見ていたい。他には渡したくない。……僕と婚約していただけませんか？』

「……いや、ありえないと思いますが」

誰がどう見ても好意を伝えているし、プロポーズしているだろう。

「大変に残念なお知らせですが、妹は変なところで純粋と言いますか、鈍いです。鈍感です。その上、聖なる魔力のこともあるので信じられないのでしょう」

テオドールはグラナートの両肩に手を置くと、まっすぐに黒曜石の瞳で見つめてきた。

「真正面から逃げ場がないくらいに全力で好きだと伝えない限りは、伝わらない。つまり——まだ殿下は振られていません」

「まだ、振られて……いない」

その一言が、砂漠に降る雨のようにグラナートの心を急激に潤していく。

「——いってきます！」

グラナートは早鐘を打つ鼓動のままに、部屋を飛び出す。どうせ一度振られているのだと思えば肩の力も抜けたし、これでも駄目なら諦めよう。

そう思ってエルナと話をしたのに、その瞳を見て声を聞いたら、もう気持ちが抑えられなかった。

ああ——恋に落ちるとは、こういうことなのか。

エルナと、一緒にいたい。

守りたいし、幸せにしたい。

溢れる気持ちを言葉に乗せて、グラナートは微笑んだ。

「――あなたが、好きです」

あとがき

こんにちは。西根羽南と申します。

皆様のお手元に『未プレイの乙女ゲームに転生した平凡令嬢は聖なる刺繍の糸を刺す』をお届けできることを、大変嬉しく思います。


このお話は私が人生で初めて書いた、文字通りの処女作です。

夜中に暇をつぶすためにスマホのゲームをし、寝落ちするのでもう少し頭を使おうと小説を読み、読みつくしてしまったので「読むものがないなら自分で書くか」ということで生まれたお話です。

最初から長編を書くつもりではなかったのですが、プロットを作って書いてみたらあれよあれよという間に十万文字。それからずっと小説を書き続けているので、小説家としての私の原点と言っても過言ではありません。

その『未プレイ令嬢』を書籍という形でお届けできるのは、とても嬉しいしありがたいことです。

書籍化にあたり大幅改稿と加筆をしており、だいぶ雰囲気が変わっている部分もあります。更に番外編もついていますので、こちらも楽しんでいただければ幸いです。

『未プレイ令嬢』はいわゆる乙女ゲーム転生もの。

物語の舞台は、みんな大好き中世という名の近世あたりのヨーロッパ風異世界です。

絶世の美少年に床に押し倒されたところで転生の記憶がよみがえった、子爵令嬢のエルナ。

破格の美貌の少年とメラニン色素がカーニバルな虹色の髪の美少女を見て、ここは乙女ゲームの世界だと気が付きます。

ただエルナはそのゲームをプレイしたことがないので、ほとんど情報がない状態。何が正解なのか、自分の役割が何なのか、まったくわかりません。

地味色の田舎貴族で平凡な容姿なので主要人物ではないのだろうけれど、イベントの巻き添えをくらう可能性は十分にあるし、巻き込まれるのはごめんだと考えたエルナ。

とりあえず平穏無事に生きていきたいので「私は空気」を合言葉に過ごそうとするのですが、それが難しい。

何故か「名前を呼んで」と迫りくる、メイン攻略対象と思しき美貌の金髪王子。

圧倒的ヒロイン力でエルナもときめく、虹色の髪の美少女。

悩殺ボディがけしからん、悪役令嬢風の銅色の髪の美少女。

遅い反抗期ですか、と問い正したくなる紅の髪で変装している兄。

平凡な令嬢でしかないエルナに周囲の嫉妬の嵐が襲い掛かる中、ストレス解消も兼ねて趣味の刺繡をしたハンカチを売り始めます。

ただの趣味の延長だったはずのハンカチが謎の売れ行きを見せ、ついには貴族・王族にも知れ渡るようになって……。

果たしてエルナは無事に平穏な生活を送れるのか。

そしてずっと感じていた違和感の正体は――!?

ということで、未プレイの乙女ゲームで美男美女に囲まれながら奮闘するエルナをどうぞ応援してあげてください。


今回書籍化にあたってイラストを描いてくださったのは、小田すずか先生。

グラナートは絶世の美貌の持ち主でありながら可愛らしさと色気を兼ね備えた少年……という無茶な要求を、圧倒的な麗しさで完璧に表現してくださった恩人です。眼差しから髪の一筋に至るまで、全キャラ可愛くて格好良くて本当に感謝しかありません。

それからここまでお話を読み、応援してくださった読者の皆様。

編集、校正やデザインなど、書籍出版に関わるすべての関係者様。

執筆にあたって協力してくれた家族と猫。

『未プレイの乙女ゲームに転生した平凡令嬢は聖なる刺繡の糸を刺す』をお届けできるのは、皆様のおかげです。
心から感謝いたします。
――それでは、また皆様にお会いできることを願って。

西根羽南

ダッシュエックスノベルfの既刊

Dash X Novel F 's Previous Publication

『時計台の大聖女は婚約破棄に歓喜する 1』

糸加

イラスト／御子柴リョウ

卒業パーティで王太子デレックから、突然婚約破棄を告げられたヴェロニカは、心の底から歓喜した。


「ヴェロニカ・ハーニッシュ！私はお前との婚約を破棄し、フローラ・ハスとの新たな婚約を宣言する！」「いいのね!?」「え？」「本当にいいのね！」

デレックは知らなかったのだ。ヴェロニカが本当の大聖女であること、フローラが大聖女を詐称していること。そして、自らの資質が試されていたことを。明かされる真実。幼馴染の第二王子から告げられる恋心。「ヴェロニカ、僕と婚約してくれませんか？」

大時計台を司る大聖女が崇められる世界の恋物語。運命の新たな歯車が回り出す——！

ダッシュエックスノベルfの既刊

Dash X Novel F 's Previous Publication

『予言された悪役令嬢は小鳥と謳う ～未来を知る専属執事に「君を救う」と言われました～』

吉高 花

イラスト／氷堂れん

「悪役令嬢」×「専属執事」

身分違いの恋の行方はいかに!?


「今から一年後、あなたは婚約破棄されます」

公爵令嬢アスタリスクはある日突然、平民の男ギャレットから婚約破棄を予言される。

最初は信じないアスタリスク。だが、ギャレットの予言通りに婚約者の第二王子フラットと男爵令嬢フィーネが親密になっていくことに驚き、信じることを決めた。

バッドエンドを回避するべく会うようになる二人。気がつけば、ギャレットはアスタリスクの「専属執事」と呼ばれるように。そして、迎えた婚約破棄の日。

二人は万全の準備で「いべんと」に挑むが、果たして……？

Dノベルf

未プレイの乙女ゲームに転生した平凡令嬢は聖なる刺繍の糸を刺す

西根 羽南

2023年6月10日　第1刷発行

★定価はカバーに表示してあります

発行者　瓶子吉久
発行所　株式会社　集英社
〒101－8050　東京都千代田区一ツ橋2－5－10
03(3230)6229(編集)
03(3230)6393(販売／書店専用)　03(3230)6080(読者係)
印刷所　凸版印刷株式会社
編集協力　株式会社MARCOT／株式会社シュガーフォックス

ISBN978-4-08-632010-8　C0093

作品のご感想、ファンレターをお待ちしております。

あて先

〒101－8050　東京都千代田区一ツ橋2－5－10
集英社ダッシュエックスノベルf編集部　気付
西根 羽南先生／小田 すずか先生